U0088288

JLPT

N5

文法篇

助詞篇

單字篇

日檢

N5 この一冊で合格！

単字 ＋ 文法

一本搞定

國家圖書館出版品預行編目資料

日檢單字+文法一本搞定N5(QR) / 雅典日研所企編.
-- 二版. -- 新北市：雅典文化, 民112.10
面；　公分. --（日語大師；18）
ISBN 978-626-7245-23-1（平裝）
1. CST: 日語 2. CST: 詞彙 3. CST: 語法 4. CST: 能力測驗
803.189　　　　　　　　　　112013887

日語大師 18

日檢單字+文法一本搞定N5(QR)

企　　編／雅典日研所
責任編輯／張文慧
內文排版／鄭孝儀
封面設計／林鈺恆

法律顧問：方圓法律事務所／涂成樞律師

總經銷：永續圖書有限公司
永續圖書線上購物網
www.foreverbooks.com.tw

掃描填函
好書隨時抽

出版日／2023年10月

雅典文化

出版社　22103　新北市汐止區大同路三段194號9樓之1
TEL　（02）8647-3663
FAX　（02）8647-3660

50音基本發音表

●track 002

清音

a	ㄚ	i	ㄧ	u	ㄨ	e	ㄝ	o	ㄡ
あ	ア	い	イ	う	ウ	え	エ	お	オ
ka	ㄎㄚ	ki	ㄎㄧ	ku	ㄎㄨ	ke	ㄎㄝ	ko	ㄎㄡ
か	カ	き	キ	く	ク	け	ケ	こ	コ
sa	ㄙㄚ	shi	ㄒㄧ	su	ㄙ	se	ㄙㄝ	so	ㄙㄡ
さ	サ	し	シ	す	ス	せ	セ	そ	ソ
ta	ㄊㄚ	chi	ㄑㄧ	tsu	ㄘ	te	ㄊㄝ	to	ㄊㄡ
た	タ	ち	チ	つ	ツ	て	テ	と	ト
na	ㄋㄚ	ni	ㄋㄧ	nu	ㄋㄨ	ne	ㄋㄝ	no	ㄋㄡ
な	ナ	に	ニ	ぬ	ヌ	ね	ネ	の	ノ
ha	ㄏㄚ	hi	ㄏㄧ	fu	ㄈㄨ	he	ㄏㄝ	ho	ㄏㄡ
は	ハ	ひ	ヒ	ふ	フ	へ	ヘ	ほ	ホ
ma	ㄇㄚ	mi	ㄇㄧ	mu	ㄇㄨ	me	ㄇㄝ	mo	ㄇㄡ
ま	マ	み	ミ	む	ム	め	メ	も	モ
ya	ㄧㄚ			yu	ㄧㄩ			yo	ㄧㄡ
や	ヤ			ゆ	ユ			よ	ヨ
ra	ㄌㄚ	ri	ㄌㄧ	ru	ㄌㄨ	re	ㄌㄝ	ro	ㄌㄡ
ら	ラ	り	リ	る	ル	れ	レ	ろ	ロ
wa	ㄨㄚ			o	ㄡ			n	ㄣ
わ	ワ			を	ヲ			ん	ン

●track 003

濁音

ga	ㄍㄚ	gi	ㄍㄧ	gu	ㄍㄨ	ge	ㄍㄝ	go	ㄍㄡ
が	ガ	ぎ	ギ	ぐ	グ	げ	ゲ	ご	ゴ
za	ㄗㄚ	ji	ㄐㄧ	zu	ㄗ	ze	ㄗㄝ	zo	ㄗㄡ
ざ	ザ	じ	ジ	ず	ズ	ぜ	ゼ	ぞ	ゾ
da	ㄉㄚ	ji	ㄐㄧ	zu	ㄗ	de	ㄉㄝ	do	ㄉㄡ
だ	ダ	ぢ	ヂ	づ	ヅ	で	デ	ど	ド
ba	ㄅㄚ	bi	ㄅㄧ	bu	ㄅㄨ	be	ㄅㄟ	bo	ㄅㄡ
ば	バ	び	ビ	ぶ	ブ	べ	ベ	ぼ	ボ
pa	ㄆㄚ	pi	ㄆㄧ	pu	ㄆㄨ	pe	ㄆㄝ	po	ㄆㄡ
ぱ	パ	ぴ	ピ	ぷ	プ	ぺ	ペ	ぽ	ポ

拗音

kya	ㄎㄧㄚ	kyu	ㄎㄧㄩ	kyo	ㄎㄧㄡ
きゃ	キャ	きゅ	キュ	きょ	キョ
sha	ㄒㄧㄚ	shu	ㄒㄧㄩ	sho	ㄒㄧㄡ
しゃ	シャ	しゅ	シュ	しょ	ショ
cha	ㄑㄧㄚ	chu	ㄑㄧㄩ	cho	ㄑㄧㄡ
ちゃ	チャ	ちゅ	チュ	ちょ	チョ
nya	ㄋㄧㄚ	nyu	ㄋㄧㄩ	nyo	ㄋㄧㄡ
にゃ	ニャ	にゅ	ニュ	にょ	ニョ
hya	ㄏㄧㄚ	hyu	ㄏㄧㄩ	hyo	ㄏㄧㄡ
ひゃ	ヒャ	ひゅ	ヒュ	ひょ	ヒョ
mya	ㄇㄧㄚ	myu	ㄇㄧㄩ	myo	ㄇㄧㄡ
みゃ	ミャ	みゅ	ミュ	みょ	ミョ
rya	ㄌㄧㄚ	ryu	ㄌㄧㄩ	ryo	ㄌㄧㄡ
りゃ	リャ	りゅ	リュ	りょ	リョ

gya	ㄍㄧㄚ	gyu	ㄍㄧㄩ	gyo	ㄍㄧㄡ
ぎゃ	ギャ	ぎゅ	ギュ	ぎょ	ギョ
ja	ㄐㄧㄚ	ju	ㄐㄧㄩ	jo	ㄐㄧㄡ
じゃ	ジャ	じゅ	ジュ	じょ	ジョ
ja	ㄐㄧㄚ	ju	ㄐㄧㄩ	jo	ㄐㄧㄡ
ぢゃ	ヂャ	ぢゅ	ヂュ	ぢょ	ヂョ
bya	ㄅㄧㄚ	byu	ㄅㄧㄩ	byo	ㄅㄧㄡ
びゃ	ビャ	びゅ	ビュ	びょ	ビョ
pya	ㄆㄧㄚ	pyu	ㄆㄧㄩ	pyo	ㄆㄧㄡ
ぴゃ	ピャ	ぴゅ	ピュ	ぴょ	ピョ

● | 平假名 | 片假名 |

文法篇

助詞篇

單字篇

目
録

N5 この一冊で合格！

文法篇

 005 **track**

名詞

說 明

　　名詞是用來表示人、事、物的名稱，或是用來表示抽象概念的詞。在日文中，名詞沒有單複數的變化。

句 型

1、普通名詞：廣泛指稱同一事物的名詞。

あめ
雨　　　　　　　　　　（雨）
a.me.

ねこ
猫　　　　　　　　　　（貓）
ne.ko.

やさい
野菜　　　　　　　　　（蔬菜）
ya.sa.i.

ほん
本　　　　　　　　　　（書）
ho.n.

2、外來語：自其他語言音譯而來的名詞。

テレビ　　　　　　　（電視）
te.re.bi.

パソコン　　　　　　（電腦）
pa.so.ko.n.

エアコン　　　　　　（冷氣）
e.a.ko.n.

パン　　　　　　　　（麵包）
pa.n.

3、固有名詞：事物的固定名稱，如地名、人名…等。

track 006

とうきょう
東京　　　　　　　　（東京）
to.u.kyo.u.

な ご や
名古屋　　　　　　　（名古屋）

na.go.ya.

び わ こ
琵琶湖　　　　　　　（琵琶湖）

bi.wa.ko.

さ とう
佐藤　　　　　　　　（佐藤）

sa.to.u.

4、動詞性名詞：用來表示動作的名詞。

べんきょう
勉強　　　　　　　　（學習／讀書）

be.n.kyo.u.

うんどう
運動　　　　　　　　（運動）

u.n.do.u.

き ぼう
希望　　　　　　　　（期望／希望）

ki.bo.u.

さん ぽ
散歩　　　　　　　　（散步）

sa.n.po.

5、數詞：又稱數名詞、數量詞；用以表示事物的個數、數量
　　的名詞，通常會伴隨著單位和助數詞。

ひと
一つ　　　　　　　　（一個）

hi.to.tsu.

ついたち
一日　　　　　　　　（每個月的一號）

tsu.i.ta.chi.

ふ たり
二人　　　　　　　　（兩個人）

fu.ta.ri.

みっ
三つ　　　　　　　　（三個）

mi.ttsu.

006 **track** 跨頁共同導讀

1個　　　　　　　　　　（1個）
i.kko.

2000年　　　　　　　　　（2000年）
ni.se.n.ne.n.

3メートル　　　　　　　　（3公尺）
sa.n.me.e.to.ru.

6、代名詞：代名詞是屬於名詞的一種，指的是「代替名詞的詞」。又可分為指示代名詞和人稱代名詞。

　　6.1 指示代名詞：用來代指特定事物、地點、方向等的名詞。

● 近距離（靠近說話者）

これ　　　　　　　　　　（這個）
ko.re.

ここ　　　　　　　　　　（這裡）
ko.ko.

こちら／こっち　　　　　（這邊）
ko.chi.ra./ko.cchi.

● 中距離（靠近聽話者）

それ　　　　　　　　　　（那個）
so.re.

そこ　　　　　　　　　　（那裡）　　　　007 **track**
so.ko.

そちら／そっち　　　　　（那邊）
so.chi.ra./so.cchi.

● 遠距離（距兩者皆遠）

track 跨頁共同導讀 007

あれ	（那個）
a.re.	
あそこ	（那裡）
a.so.ko.	
あちら／あっち	（那邊）
a.chi.ra./a.cchi.	

● 不定稱

どれ	（哪個）
do.re.	
どこ	（哪裡）
do.ko.	
どちら／どっち	（哪邊）
do.chi.ra./do.cchi.	

6.2 人稱代名詞：即為一般所説的「你、我、他」。在日文中，依照説話的對象不同，會使用不同的人稱代名詞。

● 第一人稱（自稱）

わたくし／わたし	（我）
wa.ta.ku.shi./wa.ta.shi.	
私たち	（我們）
wa.ta.shi.ta.chi.	

● 第二人稱（對稱）

あなた	（你）
a.na.ta.	
あなた達	（你們）
a.na.ta..ta.chi.	

007 **track** 跨頁共同導讀

あなた方^{がた} （您們）
a.na.ta.ga.ta.

- 第三人稱（他稱）

この方^{かた} （這一位）
ko.no.ka.ta.

この人^{ひと} （這個人）
ko.no.hi.to.

その方^{かた} （那一位）
so.no.ka.ta.

その人^{ひと} （那個人）
so.no.hi.to.

あの方^{かた} （較遠的那一位）
a.no.ka.ta.

あの人^{ひと} （較遠的那個人）
a.no.hi.to.

彼^{かれ} （他）
ka.re.

彼ら^{かれ} （他們） 008 **track**
ka.re.ra.

彼女^{かのじょ} （她）
ka.no.jo.

彼女達^{かのじょたち} （她們）
ka.no.jo.ta.chi.

どなた （哪一位）
do.na.ta.

track 跨頁共同導讀 008

どの人_{ひと}　　　　　　　　（哪個人）
do.no.hi.to.

どなた様_{さま}　　　　　　　（哪一位）
do.na.ta.sa.ma.

どなた　　　　　　　　　（哪位）
do.na.ta.

どの方_{かた}　　　　　　　　（哪一位）
do.no.ka.ta.

誰_{だれ}　　　　　　　　　　（誰）
da.re.

名詞句－非過去肯定

私_{わたし}は学生_{がくせい}です。

wa.ta.shi.wa./ga.ku.se.i.de.su.

我是學生

說　明

　　名詞句的基本句型，可以依照肯定、否定、過去、非過去、疑問等狀態來做變化。

句　型

AはBです。

（A、B：名詞／は：是／ です：助動詞）

例　句

例 父_{ちち}は会社員_{かいしゃいん}です。

chi.chi.wa./ka.i.sha.i.n.de.su.

家父是上班族。

例 句

例 今日は土曜日です。
きょう　　どようび

kyo.u.wa./do.yo.u.bi.de.su.

今天是星期六。

例 句

例 これはパンです。

ko.re.wa./pa.n.de.su.

這是麵包。

009 track

名詞句－過去肯定

私は学生でした。
わたし　がくせい

wa.ta.shi.wa./ga.ku.se.i.de.shi.ta.

我曾經是學生

說 明

　　名詞句的過去肯定句型是將非過去肯定的語尾「です」換成「でした」。

句 型

　　AはBでした

　　(A、B：名詞／は：是／でした：です的過去式)

例 句

例 一年前、私は会社員でした。
いちねんまえ　わたし　かいしゃいん

i.chi.ne.n.ma.e./wa.ta.shi.wa./ka.i.sha.i.n.de.shi.ta.

一年前，我曾是上班族。

文法篇 助詞篇 單字篇

track 跨頁共同導讀 009

例 句

例 昨日は休みでした。

ki.no.u.wa./ya.su.mi.de.shi.ta.

昨天是休假日。

例 句

例 ここは学校でした。

ko.ko.wa./ga.kko.u.de.shi.ta.

這裡曾經是學校。

名詞句－非過去肯定疑問句

あなたは学生ですか。

a.na.ta.wa./ga.ku.se.i.de.su.ka.

請問你是學生嗎？

說 明

　　名詞句的非過去肯定疑問句型是在非過去肯定句後面加上「か」。

句 型

　　AはBですか

　　(A、B：名詞／は：是／です：助動詞/か：終助詞，表示疑問)

　　「か」放在句尾，是用於表示疑問。在日文正式的文法中，即使是疑問句，也使用句號，而非問號。在雜誌、漫畫等較輕鬆大眾化讀物上才使用驚嘆號。

track 跨頁共同導讀 009

例 句

例 あなたは台湾人ですか。
たいわんじん
a.na.ta.wa./ta.i.wa.n.ji.n.de.su.ka.
你是台灣人嗎？

例 句

例 これは辞書ですか。
じしょ
ko.re.wa./ji.sho.de.su.ka.
這是字典嗎？

 track 010

例 句

例 トイレはどこですか。
to.i.re.wa./do.ko.de.su.ka.
洗手間在哪裡呢？

例 句

例 あの人は誰ですか。
ひと　だれ
a.no.hi.to.wa./da.re.de.su.ka.
那個人是誰呢？

例 句

例 それはアルバムですか、シングルですか。
so.re.wa./a.ru.ba.mu.de.su.ka./shi.n.gu.ru.de.su.ka.
那是專輯，還是單曲呢？

文法篇　助詞篇　單字篇

track 跨頁共同導讀 010

名詞句－過去肯定疑問句

あなたは学生^{がくせい}でしたか。

a.na.ta.wa./ga.ku.se.i.de.shi.ta.ka.

你曾是學生嗎

說明

　　名詞句的過去肯定疑問句型是在過去肯定句後面加上「か」。

句型

　　AはBでしたか

　　（A、B：名詞／は：是／

　　でした：です的過去式/か：終助詞，表示疑問）

例句

例 今日^{きょう}はどんな一日^{いちにち}でしたか。

　 kyo.u.wa./do.n.na./i.chi.ni.chi.de.shi.ta.ka.

　 今天是怎樣的一天呢？

　　（問今天一天中，已經過去的時間過得如何）

例句

例 あの人^{ひと}はどんな子供^{こども}でしたか。

　 a.no.hi.to.wa./do.n.na.ko.do.mo.de.shi.ta.ka.

　 那個人曾經是怎麼樣的孩子呢？

 011 **track**

例 句

例 昨日は雨でしたか。

ki.no.u.wa./a.me.de.shi.ta.ka.

昨天曾經下雨嗎？

例 句

例 ここは公園でしたか。

ko.ko.wa./ko.u.e.n.de.shi.ta.ka.

這裡曾經是公園嗎？

例 句

例 小学校の先生は誰でしたか。

sho.u.ga.kko.u.no./se.n.se.i.wa./da.re.de.shi.ta.ka.

小學時的老師是誰呢？

文法篇 助詞篇 單字篇

track 跨頁共同導讀 011

名詞句－非過去否定句

1. 私は学生ではありません。
   wa.ta.shi.wa./ga.ku.se.i.de.wa.a.ri.ma.se.n.
   我不是學生

2. 私は学生じゃありません。
   wa.ta.shi.wa./ga.ku.se.i.ja.a.ri.ma.se.n.
   我不是學生

說 明

名詞句的非過去否定句型是在名詞後面加上「ではありません」或「じゃありません」。

句 型

1. AはBではありません

   (A、B：名詞／は：是／ではありません：です的否定形)

2. AはBじゃありません

   (A、B：名詞／は：是／じゃありません：です的否定形)

「じゃありません」是由「ではありません」的發音變化而來，故兩者通用。在下面的例句中，「ではありません」和「じゃありません」兩者間皆可相互替代。

012 **track**

例 句

例 私は佐藤ではありません。
wa.ta.shi.wa./sa.to.u.de.wa.a.ri.ma.se.n.
我不是佐藤。

例 句

例 これは本ではありません。
ko.re.wa./ho.n.de.wa.a.ri.ma.se.n.
這不是書。

例 句

例 ここは駅ではありません。
ko.ko.wa./e.ki.de.wa.a.ri.ma.se.n.
這裡不是車站。

例 句

例 あの人は先生ではありません。
a.no.hi.to.wa./se.n.se.i.de.wa.a.ri.ma.se.n.
那個人不是老師。

例 句

例 今は三月じゃありません。
i.ma.wa./sa.n.ga.tsu.ja.a.ri.ma.se.n.
現在不是三月。

文
法
篇

助
詞
篇

單
字
篇

track 跨頁共同導讀 012

名詞句－過去否定句

1. 私は学生ではありませんでした。

wa.ta.shi.wa./ga.ku.se.i./de.wa.a.ri.ma.se.n.de.shi.ta.

我以前不是學生

2. 私は学生じゃありませんでした。

wa.ta.shi.wa./ga.ku.se.i./ja.a.ri.ma.se.n.de.shi.ta.

我以前不是學生

說　明

　　名詞句的過去否定句型是在名詞後面加上「ではありませんでした」或「じゃありませんでした」。

句　型

　　1.AはBではありませんでした

　　(A、B：名詞／は：是／ではありませんでした：です的過去否定形)

　　2.AはBじゃありませんでした

　　(A、B：名詞／は：是／じゃありませんでした：です的過去否定形)

　　「じゃありませんでした」是由「ではありませんでした」的發音變化而來，故兩者通用。在下面的例句中，「ではありませんでした」和「じゃありませんでした」兩者間皆可相互替代。

 013 **track**

㋑㋗

㋑昨日は休みではありませんでした。

ki.no.u.wa./ya.su.mi./de.wa.a.ri.ma.se.n.de.shi.ta.

昨天不是假日。

㋑㋗

㋑先月は二月ではありませんでした。

se.n.ge.tsu.wa./ni.ga.tsu./de.wa.a.ri.ma.se.n.de.shi.ta.

上個月不是二月。

㋑㋗

㋑おとといは雨ではありませんでした。

o.to.to.i.wa./a.me./de.wa.a.ri.ma.se.n.de.shi.ta.

前天不是雨天。

㋑㋗

㋑朝ごはんはパンではありませんでした。

a.sa.go.ha.n.wa./pa.n.de.wa.a.ri.ma.se.n.de.shi.ta.

早餐不是吃麵包。

㋑㋗

㋑お昼はおにぎりじゃありませんでした。

o.hi.ru.wa./o.ni.gi.ri.ja.a.ri.ma.se.n.de.shi.ta.

午餐不是吃飯糰。

文法篇　助詞篇　單字篇

track 跨頁共同導讀 013

名詞句－非過去否定疑問句

1. あなたは学生_{がくせい}ではありませんか。

a.na.ta.wa./ga.ku.se.i./de.wa.a.ri.ma.se.n.ka.

你不是學生嗎

2. あなたは学生_{がくせい}じゃありませんか。

a.na.ta.wa./ga.ku.se.i./ja.a.ri.ma.se.n.ka.

你不是學生嗎

說 明

名詞句的非過去否定疑問句型是在非過去否定句後面加上「か」。

句 型

1.AはBではありませんか

（A、B：名詞／は：是／ではありません：です的否定形／か：終助詞，表示疑問)

2.AはBじゃありませんか

（A、B：名詞／は：是／じゃありません：です的否定形／か：終助詞，表示疑問)

使用這句話時，除了是直接表達否定疑問之場合外，也用在心中已經有主觀認定的答案，但是用反問的方式，如例句的「你不是學生嗎」，以委婉表達自己的意見。同樣的，「ではありませんか」和「じゃありませんか」兩者間皆可替代使用。

014 **track**

例句

例 彼女は増田さんではありませんか。

ka.no.jo.wa./ma.su.da.sa.n./de.wa.a.ri.ma.se.n.ka.

她不是增田小姐嗎？

例句

例 それは椅子ではありませんか。

so.re.wa./i.su.de.wa.a.ri.ma.se.n.ka.

那個不是椅子嗎？

例句

例 明日は日曜日ではありませんか。

a.shi.ta.wa./ni.chi.yo.u.bi./de.wa.a.ri.ma.se.n.ka.

明天不是星期天嗎？

例句

例 ここは東京ではありませんか。

ko.ko.wa./to.u.kyo.u./de.wa.a.ri.ma.se.n.ka.

這裡不是東京嗎？

例句

例 あの人は部長じゃありませんか。

a.no.hi.to.wa./bu.cho.u./ja.a.ri.ma.se.n.ka.

那個人不是部長嗎？

track 跨頁共同導讀 014

名詞句－過去否定疑問句

1. あなたは<ruby>学生<rt>がくせい</rt></ruby>ではありませんでしたか。

a.na.ta.wa./ga.ku.se.i./de.wa.a.ri.ma.se.n.de.shi.ta.ka.

你以前不是學生嗎

2. あなたは<ruby>学生<rt>がくせい</rt></ruby>じゃありませんでしたか。

a.na.ta.wa./ga.ku.se.i./ja.a.ri.ma.se.n.de.shi.ta.ka.

你以前不是學生嗎

說 明

名詞句的過去否定疑問句型是在過去否定句後面加上「か」。

句 型

1. AはBではありませんでしたか

(A、B：名詞／は：是／ではありませんでした：です的過去否定形 /か：終助詞，表示疑問)

2. AはBじゃありませんでしたか

(A、B：名詞／は：是／じゃありませんでした：です的過去否定形 /か：終助詞，表示疑問)

使用這句話時，除了是直接表達否定疑問之場合外，也用在心中已經有主觀認定的答案，但是用反問的方式，以委婉表達自己的意見。同樣的，「ではありませんでしたか」和「じゃありませんでしたか」兩者間皆可替代使用。

015 **track**

例 句

例 彼は医者ではありませんでしたか。

ka.re.wa./i.sha.de.wa.a.ri.ma.se.n.de.shi.ta.ka.

他以前不是醫生嗎？

例 句

例 先週は休みではありませんでしたか。

se.n.shu.u.wa./ya.su.mi./de.wa.a.ri.ma.se.n.de.shi.ta.ka.

上星期不是放假嗎？

例 句

例 大学時代の先生は伊藤先生ではありませんでした
か。

da.i.ga.ku.ji.da.i.no./se.n.se.i.wa./i.to.u.se.n.se.i./de.wa.a.ri.ma.se.n.de.
shi.ta.ka.

大學時的老師不是伊藤老師嗎？

例 句

例 ここは動物園ではありませんでしたか。

ko.ko.wa./do.u.bu.tsu.e.n./de.wa.a.ri.ma.se.n.de.shi.ta.ka.

這裡過去不是動物園嗎？

例 句

例 昨日は晴れじゃありませんでしたか。

ki.no.u.wa./ha.re.ja.a.ri.ma.se.n.de.shi.ta.ka.

昨天不是晴天嗎？

track 跨頁共同導讀 015

名詞＋名詞

1. 先生の学生です。
se.n.se.i.no./ga.ku.se.i.de.su.
老師的學生

2. 先生と学生です。
se.n.se.i.to./ga.ku.se.i.de.su.
老師和學生

說　明

　　兩個名詞連用時，通常用「の」連接表示所屬關係，用「と」表示並列關係。

句　型

　　1. 表示所有、所屬關係
　　AのBです
　　(A、B：名詞／の：的／です：助動詞)

　　2. 表示同等並列關係
　　AとBです
　　(A、B：名詞／と：和／です：助動詞)

例　句

⑩ 何時の飛行機ですか。　　（所屬、所有）
na.n.ji.no./hi.ko.u.ki.de.su.ka.
幾點的飛機呢？

016 **track**

例 句

例 彼の靴です。　　（所属、所有）

ka.re.no./ku.tsu.de.su.

他的鞋子。

例 句

例 社長の息子です。　　（所属、所有）

sha.cho.u.no./mu.su.ko.de.su.

老闆的兒子。

例 句

例 先生と学生です。　　（同等並列）

se.n.se.i.to./ga.ku.se.i.de.su.

老師和學生。

例 句

例 部長と部下です。　　（同等並列）

bu.cho.u.to./bu.ka.de.su.

部長和部下。

例 句

例 本と雑誌です。　（同等並列）

ho.n.to./za.sshi.de.su.

書和雜誌。

track 跨頁共同導讀 016

い形容詞

<ruby>高<rt>たか</rt></ruby>い

ta.ka.i.

高的

說　明

　　日文中的形容詞大致可分為兩類，分別是「い形容詞」和「な形容詞」。大致上的分辨方法，是字尾為「い」結尾的形容詞為「い形容詞」。（但是偶爾會有例外，可參加「な形容詞」之章節。）

例　詞

おいしい　　　　　　　　(好吃)
o.i.shi.i.

<ruby>黒<rt>くろ</rt></ruby>い　　　　　　　　　　(黑的)
ku.ro.i.

<ruby>甘<rt>あま</rt></ruby>い　　　　　　　　　　(甜的)
a.ma.i.

<ruby>小<rt>ちい</rt></ruby>さい　　　　　　　　　(小的)
chi.i.sa.i.

<ruby>大<rt>おお</rt></ruby>きい　　　　　　　　　(大的)
o.o.ki.i.

<ruby>面白<rt>おもしろ</rt></ruby>い　　　　　　　　(有趣的)
o.mo.shi.ro.i.

017 **track**

な形容詞

大変
ta.i.he.n.
嚴重的／不得了的

說 明

「な形容詞」的字尾並沒有特殊的規則，但是在後面接名詞時，需要加上「な」字，所以稱為「な形容詞」。以下介紹幾個常見的「な形容詞」。一般來說，外來語的形容詞，都屬於な形容詞。

例 詞

ユニーク　　　　　　　（獨特的）
yu.ni.i.ku.

元気　　　　　　　　　（有精神的）
ge.n.ki.

静か　　　　　　　　　（安靜的）
shi.zu.ka.

上手　　　　　　　　　（拿手的）
jo.u.zu.

賑やか　　　　　　　　（熱鬧的）
ni.gi.ya.ka.

好き　　　　　　　　　（喜歡的）
su.ki.

複雑　　　　　　　　　（複雜的）
fu.ku.za.tsu.

track 跨頁共同導讀 017

嫌い　　　　　　　　(討厭的)
ki.ra.i.

きれい　　　　　　　　(漂亮的／乾淨的)
ki.re.i.

（註：嫌い、きれい雖然為い結尾，但是屬於「な形容詞」）

 018 **track**

い形容詞＋です

高いです。
ta.ka.i.de.su.
很高

說　明

　　描敘人、事、物時，可以單獨使用「い形容詞」，但加上「です」會較為正式並有禮貌。

例　句

例 おいしいです。
o.i.shi.i.de.su.
好吃。

例　句

例 黒いです。
ku.ro.i.de.su.
黑色的。

018 **track** 跨頁共同導讀

例 句

例 甘いです。

a.ma.i.de.su.

很甜。

例 句

例 小さいです。

chi.i.sa.i.de.su.

小的。

い形容詞＋名詞

高いビルです。

ta.ka.i./bi.ru.de.su.

很高的大樓

說 明

　　「い形容詞」後面要加名詞時，不需做任何的變化，直接加上名詞即可。

例 句

例 おいしいパンです。

o.i.shi.i./pa.n.de.su.

好吃的麵包。

例 句

例 黒い熊です。

ku.ro.i./ku.ma.de.su.

黑色的熊。

track 跨頁共同導讀 018

例 句

例 小さい箱です。
chi.i.sa.i./ha.ko.de.su.
小的箱子。

例 句

例 大きい体です。
o.o.ki.i./ka.ra.da.de.su.
巨大的身體。

track 019

い形容詞（變副詞）＋動詞

高く跳びます。

ta.ka.ku./to.bi.ma.su.
跳得很高

說　明

　　將「い形容詞」轉換詞性成副詞，放在動詞前面時，要將「い」改成「く」，後面再加上動詞。（此處著重形容詞變副詞的部分，動詞可參照後面動詞之篇章。）

例 句

例 おいしく食べます。（おいしい→おいしく）
o.i.shi.ku./ta.be.ma.su.
津津有味地吃。

019 **track** 跨頁共同導讀

例 句

例 小さく切ります。　（小さい→小さく）
chi.i.sa.ku./ki.ri.ma.su.
切得小小的。

例 句

例 大きく書きます。　（大きい→大きく）
o.o.ki.ku./ka.ki.ma.su.
大大地寫出來。

例 句

例 面白くなります。　（面白い→面白く）
o.mo.shi.ro.ku./na.ri.ma.su.
變得有趣。

例 句

例 嬉しくなります。　（嬉しい→嬉しく）
u.re.shi.ku./na.ri.ma.su.
變得開心。

例 句

例 優しくなります。　（優しい→優しく）
ya.sa.shi.ku./na.ri.ma.su.
變得溫柔。

track 020

い形容詞＋形容詞

高_{たか}くて遠_{とお}いです。

ta.ka.ku.te./to.o.i.de.su.

又高又遠

説 明

　　兩個形容詞連用時，如果是「い形容詞」在前面，就要把「い」變成「くて」，後面再加上形容詞即可（在後面的形容詞不用變化）。

例 句

例 甘くておいしいです。　（甘い→甘くて）

a.ma.ku.te./o.i.shi.i.de.su.

既甜又好吃。

例 句

例 おいしくて甘いです。　（おいしい→おいしくて）

o.i.shi.ku.te./a.ma.i.de.su.

既好吃又甜。

例 句

例 小さくて黒いです。　（小さい→小さくて）

chi.i.sa.ku.te./ku.ro.i.de.su.

既小又黑。

例 句

例 黒くて小さいです。　（黒い→黒くて）

ku.ro.ku.te./chi.i.sa.i.de.su.

既黑又小。

020 **track** 跨頁共同導讀

例 句

例 優しくて面白い人です。 （優しい→優しくて）
ya.sa.shi.ku.te./o.mo.shi.ro.i./hi.to.de.su.
既溫柔又有趣的人。

例 句

例 面白くて優しい人です。 （面白い→面白くて）
o.mo.shi.ro.ku.te./ya.sa.shi.i./hi.to.de.su.
既有趣又溫柔的人。

 021 **track**

い形容詞句－非過去肯定句

彼はやさしいです。
ka.re.wa./ya.sa.shi.i.de.su.
他很溫柔

說 明

い形容詞句的句型是在い形容詞後面加上「です」。

句 型

AはBです

（A：名詞／は：是／B：い形容詞／です：助動詞）

例 句

例 値段は高いです。
ne.da.n.wa./ta.ka.i.de.su.
價格很高。

track 跨頁共同導讀 021

例 句

例 冬は寒いです。

fu.yu.wa./sa.mu.i.de.su.

冬天很冷。

例 句

例 仕事は多いです。

shi.go.to.wa./o.o.i.de.su.

工作很多。

例 句

例 公園は大きいです。

ko.u.e.n.wa./o.o.ki.i.de.su.

公園很大。

例 句

例 服は新しいです。

fu.ku.wa./a.ta.ra.shi.i.de.su.

衣服是新的。

例 句

例 時間は長いです。

ji.ka.n.wa./na.ga.i.de.su.

時間很長。

022 **track**

い形容詞句－過去肯定句

彼_{かれ}はやさしかったです。

ka.re.wa./ya.sa.shi.ka.tta.de.su.

他以前很溫柔

説 明

　　い形容詞的過去式，是去掉了字尾的「い」改加上「かった」，如上句中的：

　　やさしい→やさしかった

　　句子最後面的助動詞「です」則不需要做變化。因此い形容詞句的過去肯定句型為：

句 型

　　AはBです

　　（A：名詞／は：是／B：い形容詞過去式／です：助動詞）

例 句

例 値段_{ねだん}は高_{たか}かったです。 （高い→高かった）

ne.da.n.wa./ta.ka.ka.tta.de.su.

價格曾經很高。

例 句

例 去年_{きょねん}の冬_{ふゆ}は寒_{さむ}かったです。 （寒い→寒かった）

kyo.ne.n.no./fu.yu.wa./sa.mu.ka.tta.de.su.

去年的冬天很冷。

例 句

例 仕事_{しごと}は多_{おお}かったです。 （多い→多かった）

shi.go.to.wa./o.o.ka.tta.de.su.

工作曾經很多。

文
法
篇

track 跨頁共同導讀 022

例 句

例 公園は大きかったです。　（大きい→大きかった）

ko.u.e.n.wa./o.o.ki.ka.tta.de.su.

公園曾經很大。

例 句

例 服は新しかったです。　（新しい→新しかった）

fu.ku.wa./a.ta.ra.shi.ka.tta.de.su.

衣服曾經是新的。

例 句

例 時間は長かったです。　（長い→長かった）

ji.ka.n.wa./na.ga.ka.tta.de.su.

時間曾經很長。

 track 023

い形容詞句－非過去肯定疑問句

彼はやさしいですか。

ka.re.wa./ya.sa.shi.i.de.su.ka.

他很溫柔嗎

說　明

　　い形容詞句的非過去肯定疑問句是在形容詞的非過去肯定
句後面加上「か」。

句　型

　　ＡはＢですか

　　（Ａ：名詞／は：是／Ｂ：い形容詞／です：助動詞/か：
終助詞，表示疑問)

023 **track** 跨頁共同導讀

例 句

例 値段は高いですか。
ne.da.n.wa./ta.ka.i.de.su.ka.
價格很高嗎？

例 句

例 冬は寒いですか。
fu.yu.wa./sa.mu.i.de.su.ka.
冬天很冷嗎？

例 句

例 仕事は多いですか。
shi.go.to.wa./o.o.i.de.su.ka.
工作很多嗎？

例 句

例 公園は大きいですか。
ko.u.e.n.wa./o.o.ki.i.de.su.ka.
公園很大嗎？

例 句

例 服は新しいですか。
fu.ku.wa./a.ta.ra.shi.i.de.su.ka.
衣服是新的嗎？

例 句

例 時間は長いですか。
ji.ka.n.wa./na.ga.i.de.su.ka.
時間長嗎？

track 024

い形容詞句－過去肯定疑問句

彼はやさしかったですか。

ka.re.wa./ya.sa.shi.ka.tta.de.su.ka.

他以前很溫柔嗎

說　明

　　い形容詞句的過去肯定疑問句是在形容詞的過去肯定句後面加「か」。

句　型

　　ＡはＢですか

　　（Ａ：名詞／は：是／Ｂ：い形容詞的過去式／です：助動詞/か：終助詞，表示疑問）

例　句

例 値段は高かったですか。

ne.da.n.wa./ta.ka.ka.tta.de.su.ka.

價格曾經很高嗎？

例　句

例 去年の冬は寒かったですか。

kyo.ne.n.no./fu.yu.wa./sa.mu.ka.tta.de.su.ka.

去年的冬天很冷嗎？

024 track 跨頁共同導讀

例 句

例 仕事は多かったですか。

shi.go.to.wa./o.o.ka.tta.de.su.ka.

工作曾經很多嗎？

例 句

例 公園は大きかったですか。

ko.u.e.n.wa./o.o.ki.ka.tta.de.su.ka.

公園曾經很大嗎？

例 句

例 服は新しかったですか。

fu.ku.wa./a.ta.ra.shi.ka.tta.de.su.ka.

衣服曾經是是新的嗎？

例 句

例 時間は長かったですか。

ji.ka.n.wa./na.ga.ka.tta.de.su.ka.

時間曾經很長嗎？

文法篇

track 025

い形容詞句－非過去否定句

1. 彼_{かれ}はやさしくないです。

ka.re.wa./ya.sa.shi.ku.na.i.de.su.

他不溫柔

2. 彼_{かれ}はやさしくありません。

ka.re.wa./ya.sa.shi.ku.a.ri.ma.se.n.

他不溫柔

說　明

　　い形容詞的否定形，是去掉了字尾的「い」改加上「くない」，而句尾的「です」則不變。在本句中，可以看到非過去肯定中的「やさしい」，變化成否定的時候，就變成了「やさしくない」。

　　除這種變化方法外，也可以寫成「やさしくありません」；「ありません」是動詞「沒有」的意思，在動詞前面的形容詞要去掉「い」改加上「く」，因此整句就變成了：「彼はやさしくありません」。

句　型

　　い形容詞肯定→否定

　　1. やさしいです→やさしくないです

　　2. やさしいです→やさしくありません

例 句

例 値段は高くないです。（高いです→高くないで
す）

ne.da.n.wa./ta.ka.ku.na.i.de.su.

價格不高。

例 句

例 冬は寒くないです。（寒いです→寒くないです）

fu.yu.wa./sa.mu.ku.na.i.de.su.

冬天不冷。

例 句

例 仕事は多くないです。（多いです→多くないで
す）

shi.go.to.wa./o.o.ku.na.i.de.su.

工作不多。

例 句

例 公園は大きくありません。（大きいです→大きく
ありません）

ko.u.e.n.wa./o.o.ki.ku.a.ri.ma.se.n.

公園不大。

例 句

例 服は白くありません。（白いです→白くありませ
ん）

fu.ku.wa./shi.ro.ku.a.ri.ma.se.n.

衣服不是白的。

track 026

い形容詞句－過去否定句

1. 彼^{かれ}はやさしくなかったです。

ka.re.wa./ya.sa.shi.ku.na.ka.tta.de.su.

他以前不溫柔

2. 彼^{かれ}はやさしくありませんでした。

ka.re.wa./ya.sa.shi.ku.a.ri.ma.se.n.de.shi.ta.

他以前不溫柔

説　明

　　在過去肯定的句型中曾經說過，い形容詞的過去式，是去掉了字尾的「い」改加上「かった」。

　　而否定型中的「ない」，剛好就是い形容詞。因此變化成過去式的時候，就變成了「やさしくなかった」。

　　除這種變化方法外，也可以寫成「やさしくありませんでした」；「ありません」是動詞「沒有」的意思，過去式要加上「でした」，因此句子成了：「彼はやさしくありませんでした」。

句　型

　　い形容詞肯定→否定→過去否定

　　1.やさしいです→やさしくないです→やさしくなかったです

　　2.やさしいです→やさしくありません→やさしくありませんでした

例 句

例 値段は高くなかったです。（高くないです→高く
なかったです）

ne.da.n.wa./ta.ka.ku.na.ka.tta.de.su.
過去的價格不高。

例 句

例 去年の冬は寒くなかったです。（寒くないです→
寒くなかったです）

kyo.ne.n.no./fu.yu.wa./sa.mu.ku.na.ka.tta.de.su.
去年的冬天不冷。

例 句

例 仕事は多くなかったです。（多くないです→多く
なかったです）

shi.go.to.wa./o.o.ku.na.ka.tta.de.su.
過去的工作不多。

例 句

例 公園は大きくありませんでした。（大きくありま
せん→大きくありませんでした）

ko.u.e.n.wa./o.o.ki.ku.a.ri.ma.se.n.de.shi.ta.
以前的公園不大。

例 句

例 服は白くありませんでした。（白くありません→
白くありませんでした）

fu.ku.wa./shi.ro.ku.a.ri.ma.se.n.de.shi.ta.
衣服以前不是白的。

track 027

い形容詞句－非過去否定疑問句

1. 彼_{かれ}はやさしくないですか。

ka.re.wa./ya.sa.shi.ku.na.i.de.su.ka.

他不溫柔嗎

2. 彼_{かれ}はやさしくありませんか。

ka.re.wa./ya.sa.shi.ku.a.ri.ma.se.n.ka.

他不溫柔嗎

說明

　　在非過去否定句後面加上代表疑問的「か」，即成為非過去否定疑問句。

句型

　　1.AはBですか

　　(A：名詞／は：是／B：い形容詞否定／です：助動詞／か：終助詞，表示疑問)

　　2.AはBありませんか

　　(A：名詞／は：是／B：い形容詞(副詞化)／か：終助詞，表示疑問)

例句

例 値段_{ねだん}は高_{たか}くないですか。

ne.da.n.wa./ta.ka.ku.na.i.de.su.ka.

價格不高嗎？

027 **track** 跨頁共同導讀

例　句

例 冬は寒くないですか。

fu.yu.wa./sa.mu.ku.na.i.de.su.ka.

冬天不冷嗎？

例　句

例 仕事は多くないですか。

shi.go.to.wa./o.o.ku.na.i.de.su.ka.

工作不多嗎？

例　句

例 足が長くないですか。

a.shi.ga./na.ga.ku.na.i.de.su.ka.

腿不長嗎？

例　句

例 公園は大きくありませんか。

ko.u.e.n.wa./o.o.ki.ku.a.ri.ma.se.n.ka.

公園不大嗎？

例　句

例 服は白くありませんか。

fu.ku.wa./shi.ro.ku.a.ri.ma.se.n.ka.

衣服不是白的嗎？

track 028

い形容詞句－過去否定疑問句

1. 彼はやさしくなかったですか。

ka.re.wa./ya.sa.shi.ku.na.ka.tta.de.su.ka.

他以前不溫柔嗎

2. 彼はやさしくありませんでしたか。

ka.re.wa./ya.sa.shi.ku./a.ri.ma.se.n.de.shi.ta.ka.

他以前不溫柔嗎

說　明

在過去否定句句後面加上代表疑問的「か」，即成為過去否定疑問句。

句　型

1. AはBですか

（A：名詞／は：是／B：い形容詞的過去否定型／です：助動詞／か：終助詞，表示疑問）

2. AはBありませんでしたか

（A：名詞／は：是／B：い形容詞(副詞化)／か：終助詞，表示疑問）

例　句

例 値段は高くなかったですか。

ne.da.n.wa./ta.ka.ku.na.ka.tta.de.su.ka.

以前價格不高嗎？

028 **track** 跨頁共同導讀

例 句

例 去年の冬は寒くなかったですか。

kyo.ne.n.no./fu.yu.wa./sa.mu.ku.na.ka.tta.de.su.ka.

去年的冬天不冷嗎？

例 句

例 仕事は多くなかったですか。

shi.go.to.wa./o.o.ku.na.ka.tta.de.su.ka.

以前工作不多嗎？

例 句

例 足が長くなかったですか。

a.shi.ga./na.ga.ku.na.ka.tta.de.su.ka.

以前腿不長嗎？

例 句

例 公園は大きくありませんでしたか。

ko.u.e.n.wa./o.o.ki.ku./a.ri.ma.se.n.de.shi.ta.ka.

公園以前不大嗎？

例 句

例 服は白くありませんでしたか。

fu.ku.wa./shi.ro.ku.a.ri.ma.se.n.de.shi.ta.ka.

衣服以前不是白的嗎？

track 029

い形容詞句－延伸句型

うさぎは耳が長いです。

u.sa.gi.wa./mi.mi.ga./na.ga.i.de.su.

兔子的耳朵很長

說　明

　　在本句中，我們要用「耳は長い」來形容兔子，但是「耳は長い」本身就是一個名詞句，若要再放到名詞句中的時候，就要把「は」改成「が」。變化的方式如下：

うさぎは＿＿＿＿＿＿＿＿です。

↓

「耳は長い」改成「耳が長い」（は→が）

↓

うさぎは耳が長いです

例　句

例 キリンは首が長いです。

ki.ri.n.wa./ku.bi.ga./na.ga.i.de.su.

長頸鹿的脖子很長。

例　句

例 象は鼻が長いです。

zo.u.wa./ha.na.ga./na.ga.i.de.su.

大象的鼻子很長。

例　句

例 佐藤さんは足が長いです。

sa.to.u.sa.n.wa./a.shi.ga./na.ga.i.de.su.

佐藤先生（小姐）的腿很長。

029 **track** 跨頁共同導讀

例句

例 長谷川先生は髪が短いです。

ha.se.ga.wa.se.n.se.i.wa./ka.mi.ga./mi.ji.ka.i.de.su.

長谷川老師的頭髮很短。

例句

例 あの人は頭がいいです。

a.no.hi.to.wa./a.ta.ma.ga./i.i.de.su.

那個人的頭腦很好。

 030 **track**

い形容詞句總覽

例句

い形容詞

例 おいしい。 （好吃的）

o.i.shi.i.

例句

い形容詞＋です

例 おいしいです。 （好吃的）.

o.i.shi.i.de.su.

例句

い形容詞＋名詞

例 おいしいケーキです。 （好吃的蛋糕）

o.i.shi.i./ke.e.ki.de.su.

track 跨頁共同導讀 030

例 句

い形容詞（轉為副詞）＋動詞

例 おいしく食べます。 （津津有味地吃）
　　o.i.shi.ku./ta.be.ma.su.

例 句

い形容詞＋形容詞

例 おいしくて安いです。 （既好吃又便宜）
　　o.i.shi.ku.te./ya.su.i.de.su.

例 句

非過去肯定句

例 ケーキはおいしいです。 （蛋糕很好吃）
　　ke.e.ki.wa./o.i.shi.i.de.su.

例 句

過去肯定句

例 昨日のケーキはおいしかったです。 （昨天的蛋糕
　　很好吃）
　　ki.no.u.no./ke.e.ki.wa./o.i.shi.ka.tta.de.su.

例 句

非過去肯定疑問句

例 ケーキはおいしいですか。 （蛋糕很好吃嗎）
　　ke.e.ki.wa./o.i.shi.i.de.su.ka.

例 句

過去肯定疑問句

例 昨日のケーキはおいしかったですか。 （昨天的蛋
　　糕好吃嗎）
　　ki.no.u.no./ke.e.ki.wa./o.i.shi.ka.tta.de.su.ka.

030 **track** 跨頁共同導讀

例 句

非過去否定句

例1. ケーキはおいしくないです。（蛋糕不好吃）
ke.e.ki.wa./o.i.shi.ku.na.i.de.su.

例2. ケーキはおいしくありません。（蛋糕不好吃）
ke.e.ki.wa./o.i.shi.ku.a.ri.ma.se.n.

 031 **track**

例 句

過去否定句

例1. 昨日のケーキはおいしくなかったです。（昨天的蛋糕不好吃）
ki.no.u.no./ke.e.ki.wa./o.i.shi.ku.na.ka.tta.de.su.

例2. 昨日のケーキはおいしくありませんでした。（昨天的蛋糕不好吃）
ki.no.u.no./ke.e.ki.wa./o.i.shi.ku.a.ri.ma.se.n.de.shi.ta.

例 句

非過去否定疑問句

例1. ケーキはおいしくないですか。（蛋糕不好吃嗎）
ke.e.ki.wa./o.i.shi.ku.na.i.de.su.ka.

例2. ケーキはおいしくありませんか。（蛋糕不好吃嗎）
ke.e.ki.wa./o.i.shi.ku.a.ri.ma.se.n.ka.

例 句

過去否定疑問句

track 跨頁共同導讀 031

例 1. 昨日のケーキはおいしくなかったですか。

（昨天的蛋糕不好吃嗎）

ki.no.u.no./ke.e.ki.wa./o.i.shi.ku.na.ka.tta.de.su.ka.

例 2. 昨日のケーキはおいしくありませんでしたか。

（昨天的蛋糕不好吃嗎）

ki.no.u.no./ke.e.ki.wa./o.i.shi.ku./a.ri.ma.se.n.de.shi.ta.ka.

例 句

延伸句型

例 あの店はケーキがおいしいです。（那家店的蛋糕好吃）

a.no.mi.se.wa./ke.e.ki.ga./o.i.shi.i.de.su.

track 032

な形容詞＋です

嫌いです。

ki.ra.i.de.su.

討厭

說 明

　　描敘人、事、物時，可以單獨使用「な形容詞」，而加上「です」會較為正式和有禮貌。

例 句

例 元気です。

ge.n.ki.de.su.

有精神。

032 **track** 跨頁共同導讀

例 句

例 静かです。
shi.zu.ka.de.su.
安靜。

例 句

例 上手です。
jo.u.zu.de.su.
拿手的。

例 句

例 賑やかです。
ni.gi.ya.ka.de.su.
很熱鬧。

例 句

例 好きです。
su.ki.de.su.
喜歡。

例 句

例 大変です。
ta.i.he.n.de.su.
糟了。／不得了了。

例 句

例 複雑です。
fu.ku.za.tsu.de.su.
很複雑。

track 033

な形容詞＋名詞

嫌<ruby>きら</ruby>いな人<ruby>ひと</ruby>です。

ki.ra.i.na./hi.to.de.su.

討厭的人

說　明

　　「な形容詞」後面加名詞時，要在形容詞後面再加上「な」，才能完整表達意思：

句　型

　　AなBです

　　(A：な形容詞／B：名詞／です：助動詞)

例　句

例 静<ruby>しず</ruby>かな公園<ruby>こうえん</ruby>です。

shi.zu.ka.na./ko.u.e.n.de.su.

安靜的公園。

例　句

例 賑<ruby>にぎ</ruby>やかな都市<ruby>とし</ruby>です。

ni.gi.ya.ka.na./to.shi.de.su.

熱鬧的城市。

例　句

例 好<ruby>す</ruby>きなうたです。

su.ki.na./u.ta.de.su.

喜歡的歌。

033 **track** 跨頁共同導讀

例 句

例 大変なことです。
た い へ ん
ta.i.he.n.na./ko.to.de.su.
辛苦的事。／糟糕的事。

例 句

例 複雑な問題です。
ふ く ざ つ　　 も ん だ い
fu.ku.za.tsu.na./mo.n.da.i.de.su.
複雜的問題。

例 句

例 きれいな人です。
ひ と
ki.re.i.na./hi.to.de.su.
美麗的人。

034 **track**

な形容詞（轉副詞）＋動詞

上手に話します。
じょうず　 はな
jo.u.zu.ni./ha.na.shi.ma.su.
說得很好

説 明

　　「な形容詞」後面加動詞時，要在形容詞後面再加上
「に」，將「な形容詞」變為副詞之後，再加上動詞。

句 型

　　AにB

　　(A：な形容詞／B：動詞)

track 跨頁共同導讀 034

例 句

例 静かに食べます。
shi.zu.ka.ni./ta.be.ma.su.
安靜地吃

例 句

例 上手になります。
jo.u.zu.ni./na.ri.ma.su.
變得拿手。

例 句

例 元気に答えます。
ge.n.ki.ni./ko.ta.e.ma.su.
有精神地回答。

例 句

例 好きになります。
su.ki.ni./na.ri.ma.su.
變得喜歡。

例 句

例 大変になります。
ta.i.he.n.ni./na.ri.ma.su.
變得嚴重。

例 句

例 きれいに書きます。
ki.re.i.ni./ka.ki.ma.su.
漂亮地寫。／整齊地寫。

035 **track**

な形容詞＋形容詞

かんたん べんり
簡単で便利です。

ka.n.ta.n.de./be.n.ri.de.su.

簡單又方便

說　明

　　兩個形容詞連用時，如果是「な形容詞」在前面，就要在「な形容詞」後面加上「で」，後面再加上形容詞即可（在後面的形容詞不用變化）。

句　型

　　AでBです

　　（A：な形容詞／B：な形容詞或い形容詞／です：助動詞）

例　句

しず
例 静かできれいです。

shi.zu.ka.de./ki.re.i.de.su.

既文靜又漂亮。／既安靜又整齊。

例　句

しず
例 きれいで静かです。

ki.re.i.de./shi.zu.ka.de.su.

既漂亮又文靜。／既整齊又安靜。

例　句

たいへん ふくざつ
例 大変で複雑です。

ta.i.he.n.de./fu.ku.za.tsu.de.su.

既糟糕又複雜。

track 跨頁共同導讀 035

例 句

例 複雑で大変です。

fu.ku.za.tsu.de./ta.i.he.n.de.su.

既複雜又糟糕。

例 句

例 元気できれいな人です。

ge.n.ki.de./ki.re.i.na./hi.to.de.su.

既有精神又漂亮的人。

例 句

例 きれいで元気な人です。

ki.re.i.de./ge.n.ki.na./hi.to.de.su.

既漂亮又有精神的人。

 track 036

な形容詞句－非過去肯定句

先生は元気です。

se.n.se.i.wa./ge.n.ki.de.su.

老師很有精神

説 明

　　な形容詞句的非過去肯定句句型是在な形容詞後面加上
「です」。

句 型

　　AはBです

　　(A：名詞／は：是／B：な形容詞／です：助動詞)

036 **track** 跨頁共同導讀

例 句

例 発想はユニークです。
ha.sso.u.wa./u.ni.i.ku.de.su.
想法很獨特。

例 句

例 スポーツは上手です。
su.po.o.tsu.wa./jo.u.zu.de.su.
運動很拿手。

例 句

例 大家さんは親切です。
o.o.ya.sa.n.wa./shi.n.se.tsu.de.su.
房東很親切。

例 句

例 仕事は大変です。
shi.go.to.wa./ta.i.he.n.de.su.
工作很辛苦。

例 句

例 交通は不便です。
ko.u.tsu.u.wa./fu.be.n.de.su.
交通不方便。

例 句

例 部屋はきれいです。
he.ya.wa./ki.re.i.de.su.
房間很乾淨。

track 037

な形容詞句－過去肯定句

せんせい　　げんき
先生は元気でした。

se.n.se.i.wa./ge.n.ki.de.shi.ta.

老師曾經很有精神

說　明

　　な形容詞句的過去肯定句，和名詞的過去肯定句變化方式相同，是將「です」改成「でした」。

句　型

　　AはBでした

　　(A：名詞／は：是／B：な形容詞／でした：です的過去式)

　　註：い形容詞和な形容詞的過去式句型不同，可參照前面い形容詞句之章節

例　句

はっそう
例 発想はユニークでした。

ha.sso.u.wa./yu.ni.i.ku./de.shi.ta.

想法曾經很獨特。

例　句

じょうず
例 スポーツは上手でした。

su.po.o.tsu.wa./jo.u.zu.de.shi.ta.

運動曾經很拿手。

例　句

おおや　　　しんせつ
例 大家さんは親切でした。

o.o.ya.sa.n.wa./shi.n.se.tsu.de.shi.ta.

房東曾經很親切。

037 **track** 跨頁共同導讀

例 句

例 仕事は大変でした。
shi.go.to.wa./ta.i.he.n.de.shi.ta.
工作曾經很辛苦。

例 句

例 交通は不便でした。
ko.u.tsu.u.wa./fu.be.n.de.shi.ta.
交通曾經不方便。

例 句

例 部屋はきれいでした。
he.ya.wa./ki.re.i.de.shi.ta.
房間曾經很乾淨。

038 **track**

な形容詞句－非過去肯定疑問句

先生は元気ですか。
se.n.se.i.wa./ge.n.ki.de.su.ka.
老師有精神嗎

説 明

　在非過去肯定句的後面加上表示疑問的「か」，即是「非過去肯定疑問句」。

句 型

　　AはBですか

　　(A：名詞／は：是／B：な形容詞／です：助動詞／か：終助詞，表示疑問)

文法篇　助詞篇　單字篇

track 跨頁共同導讀 038

例 句

例 発想はユニークですか。
ha.sso.u.wa./yu.ni.i.ku.de.su.ka.
想法很獨特嗎？

例 句

例 スポーツは上手ですか。
su.po.o.tsu.wa./jo.u.zu.de.su.ka.
運動很拿手嗎？

例 句

例 大家さんは親切ですか。
o.o.ya.sa.n.wa./shi.n.se.tsu.de.su.ka.
房東很親切嗎？

例 句

例 仕事は大変ですか。
shi.go.to.wa./ta.i.he.n.de.su.ka.
工作很辛苦嗎？

例 句

例 交通は不便ですか。
ko.u.tsu.u.wa./fu.be.n.de.su.ka.
交通不方便嗎？

例 句

例 部屋はきれいですか。
he.ya.wa./ki.re.i.de.su.ka.
房間很乾淨嗎？

039 **track**

な形容詞句－過去肯定疑問句

先生は元気でしたか。
せんせい　　げんき

se.n.se.i.wa./ge.n.ki.de.shi.ta.ka.

老師曾經很有精神嗎

說　明

　　在過去肯定句的後面加上表示疑問的「か」，即是「過去肯定疑問句」。

句　型

　　ＡはＢでしたか

　　（Ａ：名詞／は：是／Ｂ：な形容詞／でした：です的過去式／か：終助詞，表示疑問）

例　句

例 発想はユニークでしたか。
　　はっそう

　　ha.sso.u.wa./yu.ni.i.ku./de.shi.ta.ka.

　　想法曾經很獨特嗎？

例　句

例 スポーツは上手でしたか。
　　　　　　　じょうず

　　su.po.o.tsu.wa./jo.u.zu.de.shi.ta.ka.

　　運動曾經很拿手嗎？

例　句

例 大家さんは親切でしたか。
　　おおや　　　　しんせつ

　　o.o.ya.sa.n.wa./shi.n.se.tsu.de.shi.ta.ka.

　　房東曾經很親切嗎？

文法篇　助詞篇　單字篇

track 跨頁共同導讀 039

例 句

例 仕事は大変でしたか。
shi.go.to.wa./ta.i.he.n.de.shi.ta.
工作曾經很辛苦嗎？

例 句

例 交通は不便でしたか。
ko.u.tsu.u.wa./fu.be.n.de.shi.ta.ka.
交通曾經不方便嗎？

例 句

例 部屋はきれいでしたか。
he.ya.wa./ki.re.i.de.shi.ta.ka.
房間曾經很乾淨嗎？

040 **track**

な形容詞句－非過去否定句

1. 先生は元気ではありません。

se.n.se.i.wa./ge.n.ki.de.wa./a.ri.ma.se.n.

老師沒有精神

2. 先生は元気じゃありません。

se.n.se.i.wa./ge.n.ki.ja.a.ri.ma.se.n.

老師沒有精神

說 明

な形容詞句的非過去否定句和名詞句相同，都是在句尾將「です」改為「ではありません」。「じゃありません」是由「ではありません」發音演變而來，故兩者間可替代使用。

句 型

1.AはBではありません

(A：名詞／は：是／B：な形容詞／ではありません：です的否定形)

2.AはBじゃありません

(A：名詞／は：是／B：な形容詞／じゃありません：です的否定形)

例 句

例 発想はユニークではありません。

ha.sso.u.wa./yu.ni.i.ku.de.wa./a.ri.ma.se.n.

想法不獨特。

文法篇 助詞篇 單字篇

track 跨頁共同導讀 040

例句

例 スポーツは上手ではありません。
su.po.o.tsu.wa./jo.u.zu.de.wa.a.ri.ma.se.n.
運動不拿手。

例句

例 大家さんは親切ではありません。
o.o.ya.sa.n.wa./shi.n.se.tsu.de.wa./a.ri.ma.se.n.
房東不親切。

例句

例 仕事は大変ではありません。
shi.go.to.wa./ta.i.he.n.de.wa./a.ri.ma.se.n.
工作不辛苦。

例句

例 交通は不便じゃありません。
ko.u.tsu.u.wa./fu.be.n.ja.a.ri.ma.se.n.
交通不會不便。／交通很方便。

例句

例 部屋はきれいじゃありません。
he.ya.wa./ki.re.i.ja.a.ri.ma.se.n.
房間不乾淨。

041 **track**

な形容詞句－過去否定句

1. 先生は元気ではありませんでした。
せんせい　げんき

se.n.se.i.wa./ge.n.ki.de.wa./a.ri.ma.se.n.de.shi.ta.

老師以前沒有精神／老師以前身體不太好

2. 先生は元気じゃありませんでした。
せんせい　げんき

se.n.se.i.wa./ge.n.ki.ja.a.ri.ma.se.n.de.shi.ta.

老師以前沒有精神／老師以前身體不太好

説　明

　　な形容詞句的過去否定句和名詞句相同，都是在句尾加上「でした」。同樣的，「ではありませんでした」和「じゃありませんでした」兩者間皆可替代使用。

句　型

　　1.AはBではありませんでした

　　(A：名詞／は：是／B：な形容詞／ではありませんでした：です的過去否定形)

　　2.AはBじゃありませんでした

　　(A：名詞／は：是／B：な形容詞／じゃありませんでした：です的過去否定形)

例　句

例 発想はユニークではありませんでした。
はっそう

ha.sso.u.wa./yu.ni.i.ku.de.wa./a.ri.ma.se.n.de.shi.ta.

以前想法不獨特。

track 跨頁共同導讀 041

例 句

例 スポーツは上手ではありませんでした。
su.po.o.tsu.wa./jo.u.zu.de.wa./a.ri.ma.se.n.de.shi.ta.
以前運動不拿手。

例 句

例 大家さんは親切ではありませんでした。
o.o.ya.sa.n.wa./shi.n.se.tsu.de.wa./a.ri.ma.se.n.de.shi.ta.
房東以前不親切。

例 句

例 仕事は大変ではありませんでした。
shi.go.to.wa./ta.i.he.n.de.wa./a.ri.ma.se.n.de.shi.ta.
以前工作不辛苦。

例 句

例 交通は不便じゃありませんでした。
ko.u.tsu.u.wa./fu.be.n.ja.a.ri.ma.se.n.de.shi.ta.
以前交通不會不便。／以前交通很方便。

例 句

例 部屋はきれいじゃありませんでした。
he.ya.wa./ki.re.i.ja.a.ri.ma.se.n.de.shi.ta.
以前房間不乾淨。

042 **track**

な形容詞句－非過去否定疑問句

1. 先生は元気ではありませんか。
せんせい　　げんき

se.n.se.i.wa./ge.n.ki./de.wa.a.ri.ma.se.n.ka.

老師沒有精神嗎

2. 先生は元気じゃありませんか。
せんせい　　げんき

se.n.se.i.wa./ge.n.ki.ja.a.ri.ma.se.n.ka.

老師沒有精神嗎

說 明

在な形容詞句的非過去否定句的句尾，加上表示疑問的「か」，即是非過去否定疑問句。

句 型

1. AはBではありませんか

（A：名詞／は：是／B：な形容詞／ではありません：です的否定形／か：終助詞，表示疑問）

2. AはBじゃありませんか

（A：名詞／は：是／B：な形容詞／じゃありません：です的否定形／か：終助詞，表示疑問）

例 句

例 発想はユニークではありませんか。
はっそう

ha.sso.u.wa./yu.ni.i.ku./de.wa.a.ri.ma.se.n.ka.

想法不獨特嗎？

track 跨頁共同導讀 042

例 句

例 スポーツは上手ではありませんか。
su.po.o.tsu.wa./jo.u.zu.de.wa./a.ri.ma.se.n.ka.
運動不拿手嗎？

例 句

例 大家さんは親切ではありませんか。
o.o.ya.sa.n.wa./shi.n.se.tsu.de.wa./a.ri.ma.se.n.ka.
房東不親切嗎？

例 句

例 仕事は大変ではありませんか。
shi.go.to.wa./ta.i.he.n.de.wa.a.ri.ma.se.n.ka.
工作不辛苦嗎？

例 句

例 交通は不便じゃありませんか。
ko.u.tsu.u.wa./fu.be.n.ja.a.ri.ma.se.n.ka.
交通不會不便嗎？／交通很方便嗎？

例 句

例 部屋はきれいじゃありませんか。
he.ya.wa./ki.re.i.ja.a.ri.ma.se.n.ka.
房間不乾淨嗎？

043 **track**

な形容詞句－過去否定疑問句

1. 先生は元気ではありませんでしたか。
   se.n.se.i.wa./ge.n.ki.de.wa./a.ri.ma.se.n.de.shi.ta.ka.
   老師以前沒有精神嗎／老師以前身體不好嗎
2. 先生は元気じゃありませんでしたか。
   se.n.se.i.wa./ge.n.ki.ja./a.ri.ma.se.n.de.shi.ta.ka.
   老師以前沒有精神嗎／老師以前身體不好嗎

說明

在な形容詞句的過去否定句的句尾，加上表示疑問的
「か」，即是過去否定疑問句。

句型

1.AはBではありませんでしたか

(A：名詞／は：是／B：な形容詞／ではありませんでし
た：です的過去否定形／か：終助詞，表示疑問)

2.AはBじゃありませんでしたか

(A：名詞／は：是／B：な形容詞／じゃありませんでし
た：です的過去否定形／か：終助詞，表示疑問)

例句

例 発想はユニークではありませんでしたか。
ha.sso.u.wa./yu.ni.i.ku./de.wa.a.ri.ma.se.n.de.shi.ta.ka.
以前想法不獨特嗎？

文法篇　助詞篇　單字篇

track 跨頁共同導讀 043

例 句

例 スポーツは上手<ruby>上手<rt>じょうず</rt></ruby>ではありませんでしたか。

su.po.o.tsu.wa./jo.u.zu./de.wa.a.ri.ma.se.n.de.shi.ta.ka.

以前運動不拿手嗎？

例 句

例 <ruby>大家<rt>おおや</rt></ruby>さんは<ruby>親切<rt>しんせつ</rt></ruby>ではありませんでしたか。

o.o.ya.sa.n.wa./shi.n.se.tsu./de.wa.a.ri.ma.se.n.de.shi.ta.ka.

房東以前不親切嗎？

例 句

例 <ruby>仕事<rt>しごと</rt></ruby>は<ruby>大変<rt>たいへん</rt></ruby>ではありませんでしたか。

shi.go.to.wa./ta.i.he.n./de.wa.a.ri.ma.se.n.de.shi.ta.ka.

以前工作不辛苦嗎？

例 句

例 <ruby>交通<rt>こうつう</rt></ruby>は<ruby>不便<rt>ふべん</rt></ruby>じゃありませんでしたか。

ko.u.tsu.u.wa./fu.be.n./ja.a.ri.ma.se.n.de.shi.ta.ka.

以前交通不會不便嗎？／以前交通很方便嗎？

例 句

例 <ruby>部屋<rt>へや</rt></ruby>はきれいじゃありませんでしたか。

he.ya.wa./ki.re.i./ja.a.ri.ma.se.n.de.shi.ta.ka.

以前房間不乾淨嗎？

044 **track**

な形容詞句總覽

例 句

な形容詞

例 まじめ。（認真的）
ma.ji.me.

例 句

な形容詞＋です

例 まじめです。（認真的）
ma.ji.me.de.su.

例 句

な形容詞＋名詞

例 まじめな人です。（認真的人）
ma.ji.me.na./hi.to.de.su.

例 句

な形容詞（轉為副詞）＋動詞

例 まじめに勉強します。（認真的學習）
ma.ji.me.ni./be.n.kyo.u.shi.ma.su.

例 句

な形容詞＋形容詞

例 まじめできれいです。（既認真又漂亮）
ma.ji.me.de./ki.re.i.de.su.

track 跨頁共同導讀 044

㋹㋗

非過去肯定句

㋹彼はまじめです。 （他很認真）
ka.re.wa./ma.ji.me.de.su.

㋹㋗

過去肯定句

㋹彼はまじめでした。 （他以前很認真）
ka.re.wa./ma.ji.me.de.shi.ta.

㋹㋗

非過去肯定疑問句

㋹彼はまじめですか。 （他很認真嗎）
ka.re.wa./ma.ji.me.de.su.ka.

㋹㋗

過去肯定疑問句

㋹彼はまじめでしたか。 （他以前很認真嗎）
ka.re.wa./ma.ji.me.de.shi.ta.ka.

㋹㋗

非過去否定句

㋹1.彼はまじめではありません。 （他不認真）
ka.re.wa./ma.ji.me.de.wa.a.ri.ma.se.n.

㋹2.彼はまじめじゃありません。 （他不認真）
ka.re.wa./ma.ji.me.ja.a.ri.ma.se.n.

044 **track** 跨頁共同導讀

例 句

過去否定句

例1. 彼はまじめではありませんでした。（他以前不
認真）

ka.re.wa./ma.ji.me.de.wa./a.ri.ma.se.n.de.shi.ta.

045 **track**

例2. 彼はまじめじゃありませんでした。（他以前不
認真）

ka.re.wa./ma.ji.me./ja.a.ri.ma.se.n.de.shi.ta.

例 句

非過去否定疑問句

例1. 彼はまじめではありませんか。（他不認真嗎）
ka.re.wa./ma.ji.me.de.wa./a.ri.ma.se.n.ka.

例2. 彼はまじめじゃありませんか。（他不認真嗎）
ka.re.wa./ma.ji.me./ja.a.ri.ma.se.n.ka.

例 句

過去否定疑問句

例1. 彼はまじめではありませんでしたか。（他以前
不認真嗎）

ka.re.wa./ma.ji.me./de.wa.a.ri.ma.se.n.de.shi.ta.ka.

例2. 彼はまじめじゃありませんでしたか。（他以前
不認真嗎）

ka.re.wa./ma.ji.me./ja.a.ri.ma.se.n.de.shi.ta.ka.

動詞的形態

說　明

　　在日語中，依照說話的對象不同，而有敬體、常體之分。

　　敬體即是對長輩、上司等地位較發話者身分高的人所使用的文體。

　　而「常體」，則是和熟識的朋友、平輩或是晚輩使用的文體。

　　在溝通時，使用敬體是較為禮貌的，因此初學日語時，都以學習敬體基本形（丁寧語）為主。

　　接下來要學習的動詞變化，也是以動詞的敬體基本形「ます形」為主。

　　至於前面學過的名詞句、形容詞句，句尾都是用「です」或是加上「でした」，就是屬於敬體的一種。

對象	形態	例
地位較發話者高	尊敬語	お会いする（會晤）（尊敬語）
地位較發話者高	基本形	会います（見面）地位與發話者平等（丁寧語）
地位較發話者低	常體	会う（碰面）

046 **track**

自動詞

說 明

　　自動詞指的是「自然發生的動作」。像是下雨、晴天、花開……等，都是自然發生的動作，也可以說是動作自然產生變化，而不需要受詞。

　　為了方便學習，在這裡的動詞都以「敬體ます形」的形式列出。

　　而自動詞在做肯定、否定、過去等形態的變化時，主要都是主幹不變（主幹即是動詞中ます前面的部分，如咲きます的主幹即是咲き），而只變後面「ます」的部分。註：在日語中，有些動詞既是自動又是他動，或是會有明明是靠他人完成的動作，卻用自動詞表現，初學者可以先了解動詞的意思，再依動作的主語來判別是自動詞還是他動詞。

例 句

例 咲きます　　　　（開花）
sa.ki.ma.su.

　降ります　　　　[降下／下（雨、雪）]
fu.ri.ma.su.

　起きます　　　　（起床）
o.ki.ma.su.

　住みます　　　　（住）
su.mi.ma.su.

　座ります　　　　（坐）
su.wa.ri.ma.su.

文法篇　助詞篇　單字篇

track 跨頁共同導讀 046

<ruby>寝<rt>ね</rt></ruby>ます　　　　（睡）

ne.ma.su.

<ruby>落<rt>お</rt></ruby>ちます　　　（掉下）

o.chi.ma.su.

<ruby>帰<rt>かえ</rt></ruby>ります　　　（回去）

ka.e.ri.ma.su.

track 047

他動詞

說　明

　　他動詞指的是「可以驅使其他事物產生作用的動詞」。也可以說是因為要達成某一個目的而進行的動作。由此可知，在使用他動詞的時候，除了執行動作的主語之外，還會有一個產生動作的受詞，而使用的助詞也和自動詞不同。

　　以下，就先學習幾個常見的他動詞。同樣的，也是先以「ます形」的方式來呈現這些動詞。

　　而他動詞在做肯定、否定、過去等形態的變化時，和自動詞相同，主要都是主幹不變（主幹即是動詞中ます前面的部分，如食べます的主幹即是食べ），而只變後面「ます」的部分。

例　句

例 <ruby>食<rt>た</rt></ruby>べます　　　（吃）

ta.be.ma.su.

<ruby>読<rt>よ</rt></ruby>みます　　　（閱讀）

yo.mi.ma.su.

047 **track** 跨頁共同導讀

聞きます　　（聽）
ki.ki.ma.su.

落とします　（弄掉）
o.to.shi.ma.su.

見ます　　　（看）
mi.ma.su.

書きます　　（寫）
ka.ki.ma.su.

買います　　（買）
ka.i.ma.su.

します　　　（做）
shi.ma.su.

消します　　（關掉）
ke.shi.ma.su.

文法篇

助詞篇

單字篇

track 048

自動詞句－非過去肯定句

状況が変わります。

jo.u.kyo.u.ga./ka.wa.ri.ma.su.

狀況改變

說明

　　自動詞的非過去肯定的句型是在名詞後加上格助詞「が」，再加上自動詞。

句型

　　AがVます

　　（A：名詞／が：格助詞／Vます：自動詞的敬體基本形）

　　在名詞句、形容詞句中都是用「は」，但在自動詞句中，依照主語和句意的不同，格助詞會有「は」和「が」兩種不同的用法。為了方便學習，本書先用「が」為主要使用的助詞。在這裡，不妨將「が」想成是表示動作發生者，較方便記憶。

　　註：為方便學習，初學階段建議背誦單字時以ます形的形式背誦。

例句

例 雨が降ります。

a.me.ga./fu.ri.ma.su.

下雨。

048 **track** 跨頁共同導讀

例 句
例 人が集まります。
　ひと　あつ
hi.to.ga./a.tsu.ma.ri.ma.su.
人聚集。

例 句
例 商品が届きます。
　しょうひん　とど
sho.u.hi.n.ga./to.do.ki.ma.su.
商品寄到。

例 句
例 時計が動きます。
　とけい　うご
to.ke.i.ga./u.go.ki.ma.su.
時鐘運轉。

例 句
例 花が咲きます。
　はな　さ
ha.na.ga./sa.ki.ma.su.
花開。

文法篇　助詞篇　單字篇

track 049

自動詞句－過去肯定句

状況が変わりました。

jo.u.kyo.u.ga./ka.wa.ri.ma.shi.ta.

狀況已經改變了

說　明

　　自動詞詞的過去肯定句，就是要將動詞從非過去改成過去式。例如本句中的「変わります」變成了「変わりました」。即是將非過去的「ます」變成「ました」。而前面的名詞、動詞語幹（ます前面的部分）則不變。

句　型

　　AがVました

　　（A：名詞／が：格助詞／Vました：自動詞的敬體基本形過去式）

例　句

例 雨が降りました。（降ります→降りました）

a.me.ga./fu.ri.ma.shi.ta.

已經下雨了。

例　句

例 人が集まりました。（集まります→集まりました）

hi.to.ga./a.tsu.ma.ri.ma.shi.ta.

人已經聚集了。

例　句

例 商品が届きました。（届きます→届きました）

sho.u.hi.n.ga./to.do.ki.ma.shi.ta.

商品已經寄到。

049 **track** 跨頁共同導讀

例句

例 時計が動きました。 （動きます→動きました）
to.ke.i.ga./u.go.ki.ma.shi.ta.
時鐘已經運轉過了。

例句

例 花が咲きました。 （咲きます→咲きました）
ha.na.ga./sa.ki.ma.shi.ta.
花已經開了。

050 **track**

自動詞句－非過去肯定疑問句

状況が変わりますか。
jo.u.kyo.u.ga./ka.wa.ri.ma.su.ka.
狀況會改變嗎

說明

　　在非過去肯定句的後面，加上代表疑問的「か」即是非過去肯定疑問句。在正式文法中，疑問句的句尾是用句號而非問號。

句型

　　AがVますか

　　（A：名詞／が：格助詞／Vます：自動詞的敬體基本形／か：終助詞，表示疑問）

文法篇 助詞篇 單字篇

track 跨頁共同導讀 050

例 句

例 雨が降りますか。
a.me.ga./fu.ri.ma.su.ka.
會下雨嗎？

例 句

例 人が集まりますか。
hi.to.ga./a.tsu.ma.ri.ma.su.ka.
人會聚集嗎？

例 句

例 商品が届きますか。
sho.u.hi.n.ga./to.do.ki.ma.su.ka.
商品將會寄到嗎？

例 句

例 時計が動きますか。
to.ke.i.ga./u.go.ki.ma.su.ka.
時鐘會運轉嗎？

例 句

例 花が咲きますか。
ha.na.ga./sa.ki.ma.su.ka.
花將開了嗎？

051 **track**

自動詞句－過去肯定疑問句

状況が変わりましたか。

jo.u.kyo.u.ga./ka.wa.ri.ma.shi.ta.ka.

狀況已經改變了嗎

說　明

　　在「過去肯定句」後面加上表示疑問的「か」，即是過去肯定疑問句；同樣的，在正式文法中，句尾是用句號而非問號。

句　型

　　ＡがＶましたか

　　（Ａ：名詞／が：格助詞／Ｖました：自動詞的敬體基本形過去式／か：終助詞，表示疑問)

例　句

例 雨が降りましたか。

　　a.me.ga./fu.ri.ma.shi.ta.ka.

　　已經下雨了嗎？

例　句

例 人が集まりましたか。

　　hi.to.ga./a.tsu.ma.ri.ma.shi.ta.ka.

　　人已經聚集了嗎？

例　句

例 商品が届きましたか。

　　sho.u.hi.n.ga./to.do.ki.ma.shi.ta.ka.

　　商品已經寄到嗎了？

文法篇

track 跨頁共同導讀 051

例 句

例 時計が動きましたか。
と.け.い

う.ご

to.ke.i.ga./u.go.ki.ma.shi.ta.ka.

時鐘已經運轉過了嗎？

例 句

例 花が咲きましたか。
は.な

さ

ha.na.ga./sa.ki.ma.shi.ta.ka.

花已經開了嗎？

track 052

自動詞句－非過去否定句

状況が変わりません。
じょうきょう

か

jo.u.kyo.u.ga./ka.wa.ri.ma.se.n.

狀況將不改變

說 明

　　自動詞句的非過去否定句，就是要將動詞從肯定改成否定。即是將肯定的「ます」變成「ません」。例如本句中的「変わります」變成了「変わりません」。而前面的名詞、動詞主幹（ます之前的部分）則不變。

句 型

　　AがVません

　　（A：名詞／が：格助詞／Vません：自動詞敬體基本形的否定）

例 句

例 雨が降りません。（降ります→降りません）
a.me.ga./fu.ri.ma.se.n.
不會下雨。

例 句

例 人が集まりません。（集まります→集まりません）
hi.to.ga./a.tsu.ma.ri.ma.se.n.
人（將）不會聚集。

例 句

例 商品が届きません。（届きます→届きません）
sho.u.hi.n.ga./to.do.ki.ma.se.n.
商品不會寄到。

例 句

例 時計が動きません。（動きます→動きません）
to.ke.i.ga./u.go.ki.ma.se.n.
時鐘不運轉。

例 句

例 花が咲きません。（咲きます→咲きません）
ha.na.ga./sa.ki.ma.se.n.
花不開。

track 053

自動詞句－過去否定句

状況が変わりませんでした。

jo.u.kyo.u.ga./ka.wa.ri.ma.se.n.de.shi.ta.

狀況沒有改變

說　明

　　自動詞句的過去否定句，只要在「非過去否定句」的句尾，加上代表過去式的「でした」即可。

句　型

　　AがVませんでした

　　（A：名詞／が：格助詞／Vませんでした：自動詞敬體基本形的過去否定）

例　句

例 雨が降りませんでした。（降りません→降りませんでした）

a.me.ga./fu.ri.ma.se.n.de.shi.ta.

沒有下雨。

例　句

例 人が集まりませんでした。（集まりません→集まりませんでした）

hi.to.ga./a.tsu.ma.ri.ma.se.n.de.shi.ta.

人沒有聚集。

053 **track** 跨頁共同導讀

例 句

例 商品が届きませんでした。（届きません→届きま
せんでした）

sho.u.hi.n.ga./to.do.ki.ma.se.n.de.shi.ta.

商品沒有寄到。

例 句

例 時計が動きませんでした。（動きません→動きま
せんでした）

to.ke.i.ga./u.go.ki.ma.se.n.de.shi.ta.

時鐘沒有運轉。

例 句

例 花が咲きませんでした。（咲きません→咲きませ
んでした）

ha.na.ga./sa.ki.ma.se.n.de.shi.ta.

花沒有開。

track 054

自動詞句－非過去否定疑問句(1)

状況（じょうきょう）が変（か）わりませんか。

jo.u.kyo.u.ga./ka.wa.ri.ma.se.n.ka.

狀況將不改變嗎

說　明

　　在自動詞句的非過去否定句後面，加上表示疑問的「か」，即是表示非過去否定疑問。

句　型

　　ＡがＶませんか

　　（Ａ：名詞／が：格助詞／Ｖません：自動詞敬體基本形的否定／か：終助詞，表示疑問）

例　句

例 雨（あめ）が降（ふ）りませんか。

a.me.ga./fu.ri.ma.se.n.ka.

不會下雨嗎？

例　句

例 人（ひと）が集（あつ）まりませんか。

hi.to.ga./a.tsu.ma.ri.ma.se.n.ka.

人（將）不會聚集嗎？

例　句

例 商品（しょうひん）が届（とど）きませんか。

sho.u.hi.n.ga./to.do.ki.ma.se.n.ka.

商品不會寄到嗎？

054 **track** 跨頁共同導讀

例 句

例 時計が動きませんか。

to.ke.i.ga./u.go.ki.ma.se.n.ka.

時鐘不運轉嗎？

例 句

例 花が咲きませんか。

ha.na.ga./sa.ki.ma.se.n.ka.

花不開嗎？

 055 **track**

自動詞句－非過去否定疑問句(2)

1.休みませんか。

ya.su.mi.ma.se.n.ka.

不休息嗎／要一起休息嗎

2.休みましょうか。

ya.su.mi.ma.sho.u.ka.

不要不一起休息

3. 休みましょう。

ya.su.mi.ma.sho.u.

不要不一起休息

說 明

　　非過去否定疑問句還有一個特別的用法，就是用在詢問對方要不要做某件事，或是邀約對方的時候。就像是中文中，邀請時會問對方「要不要～呢？」，日文也是用「～ませんか」，來表示詢問。

track 跨頁共同導讀 055

　　另外，也可以將「～ませんか」改成「～ましょうか」更加強邀約以及共同去做某事之意。除此之外，可以把「～ましょうか」的「か」去掉，也同樣是表示邀約對方共同從事某事。而這裡使用的動詞，則是自動詞、他動詞皆可。

句　型

　1. Vませんか

　2. Vましょうか

　3. Vましょう

例　句

例 公園に行きませんか。

　ko.u.e.n.ni./i.ki.ma.se.n.ka.

　不去公園嗎？／要不要一起去公園呢？

例 公園に行きましょうか。

　ko.u.e.n.ni./i.ki.ma.sho.u.ka.

　要不要一起去公園呢？

例 公園に行きましょう。

　ko.u.e.n.ni./i.ki.ma.sho.u.

　一起去公園吧！

例　句

例 泳ぎませんか。

　o.yo.gi.ma.se.n.ka.

　不游泳嗎？／要不要一起去游泳呢？

例 泳ぎましょうか。

　o.yo.gi.ma.sho.u.ka.

　要不要一起去游泳呢？

055 **track** 跨頁共同導讀

例 泳ぎましょう。
o.yo.gi.ma.sho.u.
一起去游泳吧！

056 **track**

自動詞句－過去否定疑問句

状況が変わりませんでしたか。
jo.u.kyo.u.ga./ka.wa.ri.ma.se.n.de.shi.ta.ka.
狀況沒有改變嗎

說　明

　　在自動詞句的過去否定句後面加上代表疑問的「か」，即完成了過去否定疑問句。

句　型

　　AがVませんでしたか

　　（A：名詞／が：格助詞／Vませんでした：自動詞敬體基本形的否定過去／か：終助詞，表示疑問）

例　句

例 雨が降りませんでしたか。
a.me.ga./fu.ri.ma.se.n.de.shi.ta.ka.
沒有下雨嗎？

例　句

例 人が集まりませんでしたか。
hi.to.ga./a.tsu.ma.ri.ma.se.n.de.shi.ta.ka.
人沒有聚集嗎？

track 跨頁共同導讀 056

例 句

例 商品が届きませんでしたか。

sho.u.hi.n.ga./to.do.ki.ma.se.n.de.shi.ta.ka.

商品沒有寄到嗎？

例 句

例 時計が動きませんでしたか。

to.ke.i.ga./u.go.ki.ma.se.n.de.shi.ta.ka.

時鐘沒有運轉嗎？

例 句

例 花が咲きませんでしたか。

ha.na.ga./sa.ki.ma.se.n.de.shi.ta.ka.

花沒有開嗎？

 track 057

自動詞句－移動動詞（1）
具有方向和目的地

行きます、来ます、帰ります

說 明

　　在日文的自動詞中，有一種具有「方向感」的動詞，稱為「移動動詞」。像是來、去、走路、散步、進入、出來…等。這些動詞，因為帶有移動的意思，所以使用助詞，就不是前面所學到的「が」，而是依移動動詞的意思而有不同助詞。

057 **track** 跨頁共同導讀

第一種移動動詞，就是表示來或是去，具有「固定的目的地」。這個時候，就要在目的地的後面加上助詞「に」或是「へ」。（關於助詞的用法，在助詞的篇章中也會有詳細的介紹）

句　型

1.AへVます

（Ａ：地點／Ｖます：移動動詞的敬體基本形)

2.AにVます

（Ａ：地點／Ｖます：移動動詞的敬體基本形)

例　句

例 行きます（去）、来ます（來）、帰ります（回去）、通います（定期前往）

例　句

例 会社へ行きます。
ka.i.sha.e./i.ki.ma.su.
去公司。

例 会社に行きます。
ka.i.sha.ni./i.ki.ma.su.
去公司。

例 台湾へ来ます。
ta.i.wa.n.e./ki.ma.su.
來台灣。

track 跨頁共同導讀 057

例 台湾に来ます。
ta.i.wa.n.ni./ki.ma.su.
來台灣。

例 うちへ帰ります。
u.chi.e./ka.e.ri.ma.su.
回家。

例 うちに帰ります。
u.chi.ni./ka.e.ri.ma.su.
回家。

例 塾へ通います。
ju.ku.e./ka.yo.i.ma.su.
固定去補習班。

例 塾に通います。
ju.ku.ni./ka.yo.i.ma.su.
固定去補習班。

058 **track**

自動詞句－移動動詞（2）
在某範圍內移動／通過某地點

散歩<ruby>散歩<rt>さんぽ</rt></ruby>します、歩<ruby>歩<rt>ある</rt></ruby>きます、飛<ruby>飛<rt>と</rt></ruby>びます。

說　明

第二種的移動動詞，是表示在某個範圍中移動，或是通過某地，助詞要用「を」。

句　型

ＡをＶます

（Ａ：地點／Ｖます：移動動詞的敬體基本形)

例　句

例 散歩<ruby>散歩<rt>さんぽ</rt></ruby>します（散步）、歩<ruby>歩<rt>ある</rt></ruby>きます（走路）、飛<ruby>飛<rt>と</rt></ruby>びます（飛）、渡<ruby>渡<rt>わた</rt></ruby>ります（横渡）、通<ruby>通<rt>とお</rt></ruby>ります（通過）

例　句

例 公園<ruby>公園<rt>こうえん</rt></ruby>を散歩<ruby>散歩<rt>さんぽ</rt></ruby>します。

ko.u.e.n.o./sa.n.po.shi.ma.su.

在公園裡散步。

例　句

例 道<ruby>道<rt>みち</rt></ruby>を歩<ruby>歩<rt>ある</rt></ruby>きます。

mi.chi.o./a.ru.ki.ma.su.

在路上走。／走路。

文法篇

track 跨頁共同導讀 058

例 句

例 道を通ります。

mi.chi.o./to.o.ri.ma.su.

通過道路。

例 句

例 海を渡ります。

u.mi.o./wa.ta.ri.ma.su.

渡海。

例 句

例 鳥が空を飛びます。

to.ri.ga./so.ra.o./to.bi.ma.su.

鳥在空中飛翔。

（在本句中，可以看到進行動作的主語「鳥」，後面用的助詞是「が」，然後在移動的範圍「空」後面，則是用助詞「を」）

文
法
篇

自動詞句－います、あります

1. 教室に先生がいます。
きょうしつ　　せんせい

kyo.u.shi.tsu.ni./se.n.se.i.ga./i.ma.su.

老師在教室裡。／教室裡有老師在。

2. 教室に机があります。
きょうしつ　　つくえ

kyo.u.shi.tsu.ni./tsu.ku.e.ga./a.ri.ma.su.

教室裡有桌子。

說　明

　　「います」、「あります」在日語是很重要的兩個自動詞。在日語中，要表示「狀態」時，通常都會用到這兩個單字，兩個單字都是「有」的意思。

　　「います」是用來表示生物的存在，而「あります」則是用來表示非生物的存在。而在例句中，表示地點會用「に」，存在的主語後面則是用「が」，最後面再加上「います」或「あります」，便完成了句子。

句　型

　　1. 生物

　　AにBがいます

　　(A：地點／B：名詞)

　　2. 非生物

　　AにBがあります

　　(A：地點／B：名詞)

track 跨頁共同導讀 059

例 句

例 駐車場に猫がいます。（地點＋に＋生物＋います）

chu.u.sha.jo.u.ni./ne.ko.ga./i.ma.su.

停車場有貓。

例 句

例 駐車場に車があります。（地點＋に＋非生物＋あります）

chu.u.sha.jo.u.ni./ku.ru.ma.ga./a.ri.ma.su.

停車場有車。

例 句

例 庭に兄がいます。（地點＋に＋生物＋います）

ni.wa.ni./a.ni.ga./i.ma.su.

哥哥在院子裡。

例 庭に花があります。（地點＋に＋非生物＋あります）

ni.wa.ni./ha.na.ga./a.ri.ma.su.

院子裡有花。

060 **track**

自動詞句總覽

例 句

非過去肯定句

例 雪が降ります。（下雪）

　yu.ki.ga./fu.ri.ma.su.

例 句

過去肯定句

例 雪が降りました。（下過雪了）

　yu.ki.ga./fu.ri.ma.shi.ta.

例 句

非過去肯定疑問句

例 雪が降りますか。（會下雪嗎）

　yu.ki.ga./fu.ri.ma.su.ka.

例 句

過去肯定疑問句

例 雪が降りましたか。（下過雪嗎）

　yu.ki.ga./fu.ri.ma.shi.ta.ka.

例 句

非過去否定句

例 雪が降りません。（不會下雪）

　yu.ki.ga./fu.ri.ma.se.n.

例 句

過去否定句

例 雪が降りませんでした。（沒有下過雪）

　yu.ki.ga./fu.ri.ma.se.n.de.shi.ta.

track 跨頁共同導讀 060

例 句

非過去否定疑問句

例 雪が降りませんか。（不下雪嗎）
yu.ki.ga./fu.ri.ma.se.n.ka.

例 句

非過去否定疑問句－詢問／邀請

例 行きませんか（要去嗎）
i.ki.ma.se.n.ka.
　　或

例 行きましょうか（要不要一起去呢）
i.ki.ma.sho.u.ka.
　　或

例 行きましょう（一起去吧）
i.ki.ma.sho.u.

例 句

過去否定疑問句

例 雪が降りませんでしたか。（下過雪了嗎）
yu.ki.ga./fu.ri.ma.se.n.de.shi.ta.ka.

例 句

移動動詞（1）

例 日本へ行きます。（去日本）
ni.ho.n.e./i.ki.ma.su.

或
track 061

例 日本に行きます。（去日本）
ni.ho.n.ni./i.ki.ma.su.

例 句

移動動詞（2）

例 空を飛びます。（在空中飛）

so.ra.o./to.bi.ma.su.

例 句

あります、います

例 部屋に犬がいます。（房間裡有狗）

he.ya.ni./i.nu.ga./i.ma.su.

例 部屋にベッドがあります。（房間裡有床）

he.ya.ni./be.ddo.ga./a.ri.ma.su.

他動詞句－非過去肯定句

彼は本を読みます。

ka.re.wa./ho.n.o./yo.mi.ma.su.

他讀書

說 明

　　他動詞的非過去肯定的句型和自動詞句最大的差別是在於受詞的有無。

句 型

　　ＡはＢをＶます

　　（Ａ：動作執行者／Ｂ：受詞／Ｖます：他動詞的敬體基本形）

　　在句中，主語的後面，除了可以用「は」也可以用「が」，端看該句子要說明的重點在何處而使用。詳細的分辨法，會在助詞篇中介紹。

track 跨頁共同導讀 061

例 句

例 妹は肉を食べます。

i.mo.u.to.wa./ni.ku.o./ta.be.ma.su.

妹妹吃肉。

例 句

例 学生は宿題をします。

ga.ku.se.i.wa./shu.ku.da.i.o./shi.ma.su.

學生寫功課。

track 062

例 句

例 私は音楽を聞きます。

wa.ta.shi.wa./o.n.ga.ku.o./ki.ki.ma.su.

我聽音樂。

例 句

例 彼女は映画を見ます。

ka.no.jo.wa./e.i.ga.o./mi.ma.su.

她看電影。

例 句

例 父ははがきを書きます。

chi.chi.wa./ha.ga.ki.o./ka.ki.ma.su.

家父寫明信片。

062 **track** 跨頁共同導讀

例　句

例 あの人は服を買います。

a.no.hi.to.wa./fu.ku.o./ka.i.ma.su.

那個人買衣服。

他動詞句－過去肯定句

彼は本を読みました。

ka.re.wa./ho.n.o./yo.mi.ma.shi.ta.

他讀完書了／他讀過書了

說　明

　　將非過去肯定句的「ます」改成「ました」就可以把句子變成過去肯定句，其他部分則不變動。

句　型

　　AはBをVました

　　（A：動作執行者／B：受詞／Vました：他動詞敬體基本形的過去式）

例　句

例 妹は肉を食べました。（食べます→食べました）

i.mo.u.to.wa./ni.ku.o./ta.be.ma.shi.ta.

妹妹吃過肉了。

例　句

例 学生は宿題をしました。（します→しました）

ga.ku.se.i.wa./shu.ku.da.i.o./shi.ma.shi.ta.

學生寫完功課了。

 track 063

句　型

例 昨日私は音楽を聞きました。（聞きます→聞きました）

ki.no.u./wa.ta.shi.wa./o.n.ga.ku.o./ki.ki.ma.shi.ta.

我昨天聽音樂。

例　句

例 彼女は映画を見ました。（見ます→見ました）

ka.no.jo.wa./e.i.ga.o./mi.ma.shi.ta.

她看過電影了。

例　句

例 父ははがきを書きました。（書きます→書きました）

chi.chi.wa./ha.ga.ki.o./ka.ki.ma.shi.ta.

家父寫完明信片了。

例　句

例 あの人は服を買いました。（買います→買いました）

a.no.hi.to.wa./fu.ku.o./ka.i.ma.shi.ta.

那個人買了衣服。

文法篇

他動詞句－非過去肯定疑問句

彼は本を読みますか。

ka.re.wa./ho.n.o./yo.mi.ma.su.ka.

他讀書嗎

說　明

　　在非過去肯定的後面，加上表示疑問的「か」，就是非過去肯定疑問詞，句型如下：

句　型

　　ＡはＢをＶますか

　　（Ａ：動作執行者／Ｂ：受詞／Ｖます：他動詞的敬體基本形／か：終助詞，表示疑問）

例　句

例 妹は野菜を食べますか。

i.mo.u.to.wa./ya.sa.i.o./ta.be.ma.su.ka.

妹妹吃菜嗎？

例　句

例 学生はサッカーをしますか。

ga.ku.se.i.wa./sa.kka.a.o./shi.ma.su.ka.

學生踢足球嗎？

例　句

例 彼は音楽を聞きますか。

ka.re.wa./o.n.ga.ku.o./ki.ki.ma.su.ka.

他聽音樂嗎？

track 064

例 句

例 彼女はニュースを見ますか。

ka.no.jo.wa./nyu.u.su.o./mi.ma.su.ka.

她看新聞嗎？

例 句

例 子供は料理を作りますか。

ko.do.mo.wa./ryo.u.ri.o./tsu.ku.ri.ma.su.ka.

小孩會煮菜嗎？

例 句

例 あの人は高いものを買いますか。

a.no.hi.to.wa./ta.ka.i.mo.no.o./ka.i.ma.su.ka.

那個人買貴的東西嗎？

他動詞句－過去肯定疑問句

彼は本を読みましたか。

ka.re.wa./ho.n.o./yo.mi.ma.shi.ta.ka.

他讀完書了嗎／他讀過書了嗎

說 明

　　在過去肯定句的句尾，加上表示疑問的「か」即完成了過去肯定疑問句。

句 型

　　ＡはＢをＶましたか

　　（Ａ：動作執行者／Ｂ：受詞／Ｖました：他動詞敬體基本形的過去式／か：終助詞，表示疑問）

064 **track** 跨頁共同導讀

例 句

例 妹は野菜を食べましたか。
i.mo.u.to.wa./ya.sa.i.o./ta.be.ma.shi.ta.ka.
妹妹吃菜了嗎

例 句

例 学生はサッカーをしましたか。
ga.ku.se.i.wa./sa.kka.a.o./shi.ma.shi.ta.ka.
學生踢過足球了嗎？

例 句

例 彼は音楽を聞きましたか。
ka.re.wa./o.n.ga.ku.o./ki.ki.ma.shi.ta.ka.
他聽過音樂了嗎？

065 **track**

例 句

例 彼女はニュースを見ましたか。
ka.no.jo.wa./nyu.u.su.o./mi.ma.shi.ta.ka.
她看過新聞了嗎？

例 句

例 子供は料理を作りましたか。
ko.do.mo.wa./ryo.u.ri.o./tsu.ku.ri.ma.shi.ta.ka.
小孩會煮好菜了嗎？

例 句

例 あの人は高いものを買いましたか。
a.no.hi.to.wa./ta.ka.i.mo.no.o./ka.i.ma.shi.ta.ka.
那個人買了貴的東西嗎？

文法篇

track 跨頁共同導讀 065

他動詞句－非過去否定句

かれ　　ほん　　よ
彼は本を読みません。

ka.re.wa./ho.n.o./yo.mi.ma.se.n.

他不讀書

說　明

　　他動詞句的非過去否定句，只要將句尾的「ます」改成「ません」即可，其他的部分則不需變動。

句　型

　　ＡはＢをＶません

　　（Ａ：動作執行者／Ｂ：受詞／Ｖません：他動詞敬體基本形的否定）

例　句

いもうと　にく　　た
妹は肉を食べません。（食べます→食べません）

i.mo.u.to.wa./ni.ku.o./ta.be.ma.se.n.

妹妹不吃肉。

例　句

がくせい　　しゅくだい
学生は宿題をしません。（します→しません）

ga.ku.se.i.wa./shu.ku.da.i.o./shi.ma.se.n.

學生不寫功課。

066 **track**

例 句

例 私は音楽を聞きません。 （聞きます→聞きません）
wa.ta.shi.wa./o.n.ga.ku.o./ki.ki.ma.se.n.
我不聽音樂。

例 句

例 彼女は映画を見ません。 （見ます→見ません）
ka.no.jo.wa./e.i.ga.o./mi.ma.sen.
她不看電影。

例 句

例 父ははがきを書きません。 （書きます→書きません）
chi.chi.wa./ha.ga.ki.o./ka.ki.ma.se.n.
家父不寫名信片。

例 句

例 あの人は服を買いません。 （買います→買いません）
a.no.hi.to.wa./fu.ku.o./ka.i.ma.se.n.
那個人不買衣服。

track 跨頁共同導讀 066

他動詞句－過去否定句

彼_{かれ}は本_{ほん}を読_よみませんでした。

ka.re.wa./ho.n.o./yo.mi.ma.se.n.de.shi.ta.

他沒有讀書

說　明

　　他動詞句的過去否定句，只要在非過去否定的句尾加上「でした」即可，其他的部分則不需變動。

句　型

　　ＡはＢをＶませんでした

　　（Ａ：動作執行者／Ｂ：受詞／Ｖませんでした：他動詞敬體基本形的過去否定）

例　句

例 妹_{いもうと}は肉_{にく}を食_たべませんでした。

i.mo.u.to.wa./ni.ku.o./ta.be.ma.se.n.de.shi.ta.

妹妹沒有吃肉。

例　句

例 学生_{がくせい}は宿題_{しゅくだい}をしませんでした。

ga.ku.se.i.wa./shu.ku.da.i.o./shi.ma.se.n.de.shi.ta.

學生沒有寫功課。

例　句

例 私_{わたし}は音楽_{おんがく}を聞_ききませんでした。

wa.ta.shi.wa./o.n.ga.ku.o./ki.ki.ma.se.n.de.shi.ta.

我沒有聽音樂。

067 **track**

例 句

例 彼女は映画を見ませんでした。
ka.no.jo.wa./e.i.ga.o./mi.ma.se.n.de.shi.ta.
她沒有看電影。

例 句

例 父ははがきを書きませんでした。
chi.chi.wa./ha.ga.ki.o./ka.ki.ma.se.n.de.shi.ta.
家父沒有寫明信片。

例 句

例 あの人は服を買いませんでした。
a.no.hi.to.wa./fu.ku.o./ka.i.ma.se.n.de.shi.ta.
那個人沒有買衣服。

他動詞句－非過去否定疑問句(1)

彼は本を読みませんか。
ka.re.wa./ho.n.o./yo.mi.ma.se.n.ka.
他不讀書嗎

說 明

在非過去否定的句子後面，加上表示疑問的「か」，即成了非過去否定疑問句。同樣的，在正式文法中，疑問句的句尾是用句號而非問號。

句 型

AはBをVませんか

(A：動作執行者／B：受詞／Vません：他動詞敬體基本形的否定／か：終助詞，表示疑問)

track 跨頁共同導讀 067

例 句

例 妹は肉を食べませんか。

i.mo.u.to.wa./ni.ku.o./ta.be.ma.se.n.ka.

妹妹不吃肉嗎？

例 句

例 学生は宿題をしませんか。

ga.ku.se.i.wa./shu.ku.da.i.o./shi.ma.se.n.ka.

學生不寫功課嗎？

track 068

例 句

例 あなたは音楽を聞きませんか。

a.na.ta.wa./o.n.ga.ku.o./ki.ki.ma.se.n.ka.

你不聽音樂嗎？

例 句

例 彼女は映画を見ませんか。

ka.no.jo.wa./e.i.ga.o./mi.ma.se.n.ka.

她不看電影嗎？

例 句

例 田中さんははがきを書きませんか。

ta.na.ka.sa.n.wa./ha.ga.ki.o./ka.ki.ma.se.n.ka.

田中先生不寫名信片嗎？

例 句

例 あの人は服を買いませんか。

a.no.hi.to.wa./fu.ku.o./ka.i.ma.se.n.ka.

那個人不買衣服嗎？

068 **track** 跨頁共同導讀

他動詞句－非過去否定疑問句(2)

1.映画を見ませんか。
えいが み

e.i.ga.o./mi.ma.se.n.ka.

要看電影嗎

2.映画を見ましょうか。
えいが み

e.i.ga.o./mi.ma.sho.u.ka.

要不要一起看電影

3.映画を見ましょう。
えいが み

e.i.ga.o./mi.ma.sho.u.

一起來看電影吧

說　明

　　和自動詞相同，非過去否定疑問句還有一個特別的用法，就是用在詢問對方要不要做某件事，或是邀約對方的時候。就像是中文中，邀請時會問對方「要不要～呢？」，日文也是用「～ませんか」，來表示詢問。另外，也可以將「～ませんか」改成「～ましょうか」更加強邀約以及共同去做某事之意。除此之外，可以把「～ましょうか」的「か」去掉，也同樣是表示邀約對方共同從事某事。而這裡使用的動詞，則是自動詞、他動詞皆可。

069 **track**

句　型

　　1.AをＶませんか

　　2.AをＶましょうか

　　3.AをＶましょう

track 跨頁共同導讀 069

例 句

例 田中さん、コーヒーを飲みませんか。

ta.na.ka.sa.n./ko.o.hi.i.o./no.mi.ma.se.n.ka.

田中先生你不喝咖啡嗎？（禮貌詢問對方是否不想喝咖啡）

例 田中さん、一緒にコーヒーを飲みませんか。

ta.na.ka.sa.n./i.ssho.ni./ko.o.hi.i.o./no.mi.ma.se.n.ka.

田中先生，要不要一起去喝咖啡？

例 田中さん、一緒にコーヒーを飲みましょうか。

ta.na.ka.sa.n./i.ssho.ni./ko.o.hi.i.o./no.mi.ma.sho.u.ka.

田中先生，要不要一起去喝咖啡？

例 田中さん、一緒にコーヒーを飲みましょう。

ta.na.ka.sa.n./i.ssho.ni./ko.o.hi.i.o./no.mi.ma.sho.u.

田中先生，要不要一起去喝咖啡？（對較熟識的朋友）

他動詞句－過去否定疑問句

彼は本を読みませんでしたか。

ka.re.wa./ho.n.o./yo.mi.ma.se.n.de.shi.ta.ka.

他沒有讀書嗎

説 明

在過去否定句的後面，加上表示疑問的「か」即是過去否定疑問句。

句 型

AはBをVませんでしたか

（A：動作執行者／B：受詞／Vませんでした：他動詞敬體基本形的過去否定／か：終助詞，表示疑問）

069 **track** 跨頁共同導讀

例 句
例 妹は肉を食べませんでしたか。
i.mo.u.to.wa./ni.ku.o./ta.be.ma.se.n.de.shi.ta.ka.
妹妹沒有吃肉嗎？

例 句
例 学生は宿題をしませんでしたか。
ga.ku.se.i.wa./shu.ku.da.i.o./shi.ma.se.n.de.shi.ta.ka.
學生沒有寫功課嗎？

 070 **track**

例 句
例 あなたは音楽を聞きませんでしたか。
a.na.ta.wa./o.n.ga.ku.o./ki.ki.ma.se.n.de.shi.ta.ka.
你沒有聽音樂嗎？

例 句
例 彼女は映画を見ませんでしたか。
ka.no.jo.wa./e.i.ga.o./mi.ma.se.n.de.shi.ta.ka.
她沒有看電影嗎？

例 句
例 田中さんははがきを書きませんでしたか。
ta.na.ka.sa.n.wa./ha.ga.ki.o./ka.ki.ma.se.n.de.shi.ta.ka.
田中先生沒有寫明信片嗎？

例 句
例 あの人は服を買いませんでしたか。
a.no.hi.to.wa./fu.ku.o./ka.i.ma.se.n.de.shi.ta.ka.
那個人沒有買衣服嗎？

文
法
篇

助
詞
篇

單
字
篇

track 跨頁共同導讀 070

他動詞句＋行きます、来ます

1.映画を見に行きます。

e.i.ga.o./mi.ni.i.ki.ma.su.

去看電影。

2.ご飯を食べに来ます。

go.ha.n.o./ta.be.ni.ki.ma.su.

來吃飯。

說明

在中文裡，會說「去看電影」、「來吃飯」、「去打球」……等包含了「去」、「來」的句子。在日文中，也有類似的用法。

但由於「去」「來」本身就是動詞，而「看」「吃」「打」等詞也是動詞，為了不讓一個句子裡同時有兩個動詞存在，於是我們把表示目的之動詞去掉「ます」，再加上「に」以表示「去做什麼」或「來做什麼」。（助詞「に」即帶有表示目的的作用）變化的方法如下：

映画を見ます＋行きます

↓

（見ます→見＋に）

↓

映画を見に行きます

071 **track**

句 型

1. Vに行きます
2. Vに来ます

（V：他動詞的主幹）

例 句

例 ご飯を食べに行きます。（食べます→食べ＋に）
go.ha.n.o./ta.be.ni./i.ki.ma.su.
去吃飯。

例 句

例 サッカーをしに出かけます。（します→し＋に）
sa.kka.a.o./shi.ni./de.ka.ke.ma.su.
去踢足球。

例 句

例 日本へ遊びに来ました。（遊びます→遊び＋に）
ni.ho.n.e./a.so.bi.ni./ki.ma.shi.ta.
來日本玩。

例 句

例 留学に来ました。（除了他動詞之外，名詞也有相
同的用法：名詞＋に）
ryu.u.ga.ku.ni./ki.ma.shi.ta.
來留學。

自動詞句與他動詞句

1.デパートが休みます。

de.pa.a.to.ga./ya.su.mi.ma.su.

百貨公司休息／百貨公司沒開

2.学校を休みます。

ga.kko.u.o./ya.su.mi.ma.su.

向學校請假

說 明

　　在上面的兩句例句中，用到的都是「休みます」這個動詞，但是意思卻不盡相同。第1句是百貨公司休息，那第2句為什麼不是學校休息呢？仔細觀察，即可發現是因為「助詞」不同的關係。第1句是自動詞的句型，使用的助詞是「が」，而第二句是他動詞句型，使用的助詞是「を」。也就是說，「休みます」這個動詞，同時是他動詞，又是自動詞。這樣的例子在日文中十分常見，以下舉出較普遍使用的動詞為例。

例 句

例 あの人が笑います。

a.no.hi.to.ga./wa.ra.i.ma.su.

那個人在笑。

例 あの人を笑います。

a.no.hi.to.o./wa.ra.i.ma.su.

嘲笑那個人。

 072 **track**

例 句

例 北風が吹きます。
ki.ta.ka.ze.ga./fu.ki.ma.su.
北風吹拂。

例 笛を吹きます。
fu.e.o./fu.ki.ma.su.
吹笛子。

例 句

例 臭いがします。
ni.o.i.ga.shi.ma.su.
有臭味。

例 何をしますか。
na.ni.o./shi.ma.su.ka.
在做什麼？

他動詞句總覽

例 句

非過去肯定句
例 彼は水を飲みます。(他喝水)
ka.re.wa./mi.zu.o./no.mi.ma.su.

例 句

過去肯定句
例 彼は水を飲みました。(他喝了水)
ka.re.wa./mi.zu.o./no.mi.ma.shi.ta.

track 跨頁共同導讀 072

例 句

非過去肯定疑問句

例 彼は水を飲みますか。(他要喝水嗎)

ka.re.wa./mi.zu.o./no.mi.ma.su.ka.

例 句

過去肯定疑問句

例 彼は水を飲みましたか。(他喝水了嗎)

ka.re.wa./mi.zu.o./no.mi.ma.shi.ta.ka.

例 句

非過去否定句

例 彼は水を飲みません。(他不喝水)

ka.re.wa./mi.zu.o./no.mi.ma.se.n.

track 073

例 句

過去否定句

例 彼は水を飲みませんでした。(他沒有喝水)

ka.re.wa./mi.zu.o./no.mi.ma.se.n.de.shi.ta.

例 句

非過去否定疑問句

例 彼は水を飲みませんか。(他不喝水嗎)

ka.re.wa./mi.zu.o./no.mi.ma.se.n.ka.

或

例 水を飲みませんか。(不喝水嗎)

mi.zu.o./no.mi.ma.se.n.ka.

或

例 水を飲みましょうか。(一起喝水吧)

mi.zu.o./no.mi.ma.sho.u.ka.

例 句

過去否定疑問句

例 彼は水を飲みませんでしたか。(他沒有喝水嗎)

ka.re.wa./mi.zu.o./no.mi.ma.se.n.de.shi.ta.ka.

例 句

他動詞句＋行きます、来ます

例 水を飲みに行きます。(去喝水)

mi.zu.o./no.mi.ni./i.ki.ma.su.

例 水を飲みに来ます。(來喝水)

mi.zu.o./no.mi.ni./ki.ma.su.

例 句

自動詞句與他動詞句

例 風が吹きます。(風吹拂)

ka.ze.ga./fu.ki.ma.su.

例 口笛を吹きます。(吹口哨)

ku.chi.bu.e.o./fu.ki.ma.su.

動詞進階篇概說

說 明

　　從本章開始，就要進入學習日語的另一階段－動詞變化。為了方便學習動詞的各種變化方法，我們必需要先熟記日語動詞的分類。日後學習的各種動詞變化方法，都是依照該動詞所

track 跨頁共同導讀 073

屬的分類而去做變化的。因此熟記動詞所屬的分類,即是十分重要的一環。若是可以學習好動詞的分類和變化方法,對於看懂文章或是進行會話,都會更加順利。

　　日語中的動詞,可以分成三類,分別為Ⅰ類動詞、Ⅱ類動詞和Ⅲ類動詞。這種分法是針對學習日語的外國人而分類的。另外還有一套屬於日本國內教育或是字典上的分類法(五段動詞變化)。為了學習的方便,在本書中是以較簡易的前者為教學內容。無論是學習哪一種動詞分類方法,都能夠完整學習到日語動詞變化,所以不用擔心會有遺漏。

　　而Ⅰ、Ⅱ、Ⅲ類動詞的分法,則是依照動詞ます形的語幹來區別。所謂的語幹就是指ます之前的文字,比如說:「食<ruby>べ<rt>た</rt></ruby>ます」的主幹,就是「食<ruby>べ<rt>た</rt></ruby>」。

　　因此,在做動詞的分類時,都要以動詞的敬語基本形－ます形為基準,初學者背誦日語動詞時,以ます形背誦不但可以方便做動詞分類,使用起來給人的感覺也較有禮貌。

track 074

Ⅰ類動詞

說　明

　　在日文五十音中,帶有「i」音的稱為「い段」,也就是「い、き、し、ち、に、ひ、み、り」等音。要判斷Ⅰ類動詞,只要看動詞ます形的主幹部分(在ます之之前的字)最後一個音是「い段」的音,多半就屬於Ⅰ類動詞。

　　以「行きます」這個字為例:

074 **track** 跨頁共同導讀

行^いきます

（在主幹的部分，最後一個音是「き」，是屬於「い段音」）

い段音　→Ⅰ類動詞

例句

い段音（發音結尾帶有 i 的音）：

い、き、し、ち、に、ひ、み、り、ぎ、じ、ぢ、び、ぴ

例句

主幹為「い」結尾：

例 買^かいます(買)

ka.i.ma.su.

例 使^{つか}います(使用)

tsu.ka.i.ma.su.

例 払^{はら}います[付（錢）]

ha.ra.i.ma.su.

例 洗^{あら}います(洗)

a.ra.i.ma.su.

例 歌^{うた}います(唱歌)

u.ta.i.ma.su.

例 会^あいます(會見／碰面)

a.i.ma.su.

例 吸^すいます(吸)

su.i.ma.su.

例 言^いいます(說)

i.i.ma.su.

例 思^{おも}います(想)

o.mo.i.ma.su.

文法篇　助詞篇　單字篇

track 跨頁共同導讀 074

例句

主幹為「き」結尾：

例 行^いきます(去)
i.ki.ma.su.

例 書^かきます(寫)
ka.ki.ma.su.

例 聞^ききます(聽／問)
ki.ki.ma.su.

例 泣^なきます(哭)
na.ki.ma.su.

例 働^{はたら}きます(工作)
ha.ta.ra.ki.ma.su.

例 歩^{ある}きます(走路)
a.ru.ki.ma.su.

例 置^おきます(放置)
o.ki.ma.su.

例句

主幹為「ぎ」結尾：

例 泳^{およ}ぎます(游泳)
o.yo.gi.ma.su.

例 脱^ぬぎます(脫)
nu.gi.ma.su.

例句

主幹為「し」結尾：

例 話^{はな}します(說話)
ha.na.shi.ma.su.

track 跨頁共同導讀 074

例 消します(消除／關掉)
ke.shi.ma.su.

例 貸します(借出)
ka.shi.ma.su.

例 返します(返還)
ka.e.shi.ma.su.

 075 **track**

例 句
主幹為「ち」結尾：

例 待ちます(等待)
ma.chi.ma.su.

例 持ちます(拿著／持有)
mo.chi.ma.su.

例 立ちます(站立)
ta.chi.ma.su.

例 句
主幹為「に」結尾：

例 死にます(死亡)
shi.ni.ma.su.

例 句
主幹為「び」結尾：

例 遊びます(遊玩)
a.so.bi.ma.su.

例 呼びます(呼叫／稱呼)
yo.bi.ma.su.

例 飛びます(飛)
to.bi.ma.su.

文法篇　助詞篇　單字篇

track 跨頁共同導讀 075

例 句

主幹為「み」結尾：

例 飲みます(喝)
no.mi.ma.su.

例 読みます(讀)
yo.mi.ma.su.

例 休みます(休息)
ya.su.mi.ma.su.

例 住みます(居住)
su.mi.ma.su.

例 句

主幹為「り」結尾：

例 作ります(製作)
tsu.ku.ri.ma.su.

例 送ります(送)
o.ku.ri.ma.su.

例 売ります(賣)
u.ri.ma.su.

例 座ります(坐下)
su.wa.ri.ma.su.

例 乗ります(乘坐)
no.ri.ma.su.

例 渡ります(渡／橫越)
wa.ta.ri.ma.su.

例 帰ります(回去)
ka.e.ri.ma.su.

075 **track** 跨頁共同導讀

例入ります(進去)
<ruby>入<rt>はい</rt></ruby>

ha.i.ri.ma.su.

例切ります(切)
<ruby>切<rt>き</rt></ruby>

ki.ri.ma.su.

II類動詞

說 明

　　在五十音中，發音中帶有「e」的音，稱為「え段」音。動詞ます形的主幹中，最後一個字的發音為え段音的，則是屬於II類動詞。

　　以「食べます」這個字為例：
<ruby>食<rt>た</rt></ruby>べます

　　（在主幹的部分，最後一個音是「べ」，是屬於「え段音」）

　　え段音　→II類動詞

　　註：在II類動詞中，有部分的主幹是「い段音」結尾，卻仍歸於II類動詞中，這些就屬於例外的II類動詞。

例 句

え段音：

　え、け、せ、て、ね、へ、め、れ、げ、ぜ、で、べ、ぺ

 track 076

㊐㊒

主幹為「え」結尾：

㊋教えます(教導／告訴)
o.shi.e.ma.su.

㊋覚えます(記住)
o.bo.e.ma.su.

㊋考えます(思考／考慮)
ka.n.ga.e.ma.su.

㊋変えます(改變)
ka.e.ma.su.

㊐㊒

主幹為「け」結尾：

㊋開けます(打開)
a.ke.ma.su.

㊋付けます(安裝)
tsu.ke.ma.su.

㊋掛けます(掛)
ka.ke.ma.su.

㊐㊒

主幹為「げ」結尾：

㊋上げます(上升)
a.ge.ma.su.

㊐㊒

主幹為「め」結尾：

㊋閉めます(關上)
shi.me.ma.su.

077 **track**

例 始めます(開始)
ha.ji.me.ma.su.

例 句

主幹為「れ」結尾:

例 忘れます(忘記)
wa.su.re.ma.su.

例 流れます(流)
na.ga.re.ma.su.

例 入れます(放入)
i.re.ma.su.

例 句

主幹為「べ」結尾:

例 食べます(吃)
ta.be.ma.su.

例 調べます(調査)
shi.ra.be.ma.su.

例 句

主幹為「て」結尾:

例 捨てます(丟棄)
su.te.ma.su.

例 句

主幹為「で」結尾:

例 出ます(出來)
de.ma.su.

例 句

主幹為「せ」結尾:

track 跨頁共同導讀 077

例 見せます(出示)

mi.se.ma.su.

例 知らせます(告知)

shi.ra.se.ma.su.

例 句

主幹為「ね」結尾：

例 寝ます(睡)

ne.ma.su.

例 句

例外的 II 類動詞（主幹為い段音）

例 います(在)

i.ma.su.

例 着ます(穿)

ki.ma.su.

例 飽きます(膩／厭煩)

a.ki.ma.su.

例 起きます(起床／起來)

o.ki.ma.su.

例 生きます(生存)

i.ki.ma.su.

例 過ぎます(超過)

su.gi.ma.su.

例 信じます(相信)

shi.n.ji.ma.su.

例 感<ruby>かん</ruby>じます(感覺)
ka.n.ji.ma.su.

例 案<ruby>あん</ruby>じます(思考)
a.n.ji.ma.su.

例 落<ruby>お</ruby>ちます(掉落)
o.chi.ma.su.

例 似<ruby>に</ruby>ます(相似)
ni.ma.su.

例 煮<ruby>に</ruby>ます(煮)
ni.ma.su.

例 見<ruby>み</ruby>ます(看見)
mi.ma.su.

例 降<ruby>お</ruby>ります(下車)
o.ri.ma.su.

例 借<ruby>か</ruby>ります(借入)
ka.ri.ma.su.

例 できます(辦得到)
de.ki.ma.su.

例 伸<ruby>の</ruby>びます(延伸)
no.bi.ma.su.

III類動詞

説 明

　　III類動詞只有兩個需要記憶，分別是「来ます」和「します」。由於這兩個動詞的變化方法較為特別，因此另外列出來為III類動詞。

track 跨頁共同導讀 078

其中「します」是「做」的意思，前面可以加上名詞，變成一個完整的動作。比如說「結婚」原本是名詞，加上了「します」，就帶有結婚的動詞意義。像這樣以「します」結尾的動詞，也都是屬於III類動詞。

例 句

例 来ます(來)
　ki.ma.su.

例 句

例 します(做)
　shi.ma.su.

例 句

名詞＋します

例 勉強します(念書／學習)
　be.n.kyo.u.shi.ma.su.

例 旅行します(旅行)
　ryo.ko.u.shi.ma.su.

track 079

例 研究します(研究)
　ke.n.kyu.u.shi.ma.su.

例 掃除します(打掃)
　so.u.ji.shi.ma.su.

例 洗濯します(洗衣)
　se.n.ta.ku.shi.ma.su.

例 質問します(發問)
　shi.tsu.mo.n.shi.ma.su.

例 説明します(說明)
　se.tsu.me.i.shi.ma.su.

例 紹介します(介紹)
しょうかい

sho.u.ka.i.shi.ma.su.

例 心配します(擔心)
しんぱい

shi.n.pa.i.shi.ma.su.

例 結婚します(結婚)
けっこん

ke.kko.n.shi.ma.su.

例 準備します(準備)
じゅんび

ju.n.bi.shi.ma.su.

例 散歩します(散步)
さんぽ

sa.n.po.shi.ma.su.

動詞分類表

	I 類動詞	II 類動詞	III 類動詞
定義	主幹的最後一個字	主幹的最後一個字	来ます
主幹最後一個字為	い、き、し、ち、に、ひ、み、り、ぎ、じ、ぢ、び、	え、け、せ、て、ね、へ、め、れ、げ、ぜ、で、べ、	
例	買います 書きます 泳ぎます 話します 待ちます 死にます 遊びます 飲みます 作ります	教える 掛けます 上げます 忘れます 食べます 捨てます 出ます	来ます します 散歩します

文法篇 助詞篇 單字篇

track 跨頁共同導讀 079

	I 類動詞	II 類動詞	III 類動詞
例		見_みせます	

例
見せます
寝ます
います（例外）
着ます（例外）

> # 「敬體」與「常體」

說　明

　　日文和中文最大的不同，就在於日文依照說話對象的不同，使用的文法也會有所改變。我們前面學過的動詞敬語常體－「ます形」，以及在名詞句、形容詞句中用到的「です」，都是屬於「敬體」的一種。在日文中，為了表示尊重對方，於是在句子上加了很多華麗的裝飾，「敬體」就是其中一種。如果將這些敬體都拿掉，剩下的就是句子最原本的模樣，也就是「常體」。

　　「敬體」是在和不熟識的平輩、長輩說話時使用；而「常體」則是用在與平輩、熟識的朋友、晚輩溝通時，另外也可以用在沒有特定對象的寫作文章中。

　　「常體」除了可以用在溝通上的變化之外，許多文法上的句型表形，也多半是應用常體做變化，因此在接下來的章節中，將介紹各種常體的變化。

080 track

	敬體	常體
定義	禮貌的說法	一般（較不禮貌）的說法
對象	長輩、不熟識的對象	熟識的對象、平輩、
形式	名詞＋です	字典形
	形容詞＋です	た形
	動詞＋ます	ない形
例	食_たべます （吃）	食_たべる （吃）
	食_たべません （不吃）	食_たべない （不吃）
	食_たべました （吃過了）	食_たべた （吃過了）
	食_たべませんでした （沒有吃）	食_たべなかった （沒有吃）

081 track

常體概說

說 明

　　「常體」即是在與平輩或是較熟識的朋友間談話時所使用的形式，也可稱為「普通形」。如同前面所介紹的，動詞、名詞、形容詞，都分成敬體和常體的形式。下面先複習一下動詞、名詞和形容詞的敬體與常體，在後面的篇章中，則介紹經常使用常體的各種表現句型。

文法篇 助詞篇 單字篇

track 跨頁共同導讀 081

例 詞

名詞

	敬體	常體
非過去	先生です	先生だ
非過去否定	先生ではありません	先生ではない
過去	先生でした	先生だった
過去否定	先生ではありませんでした	先生ではなかった

い形容詞

	敬體	常體
非過去	おもしろいです	おもしろい
非過去否定	おもしろくないです	おもしろくない
過去	おもしろかったです	おもしろかった
過去否定	おもしろくなかったです	おもしろくなかった

な形容詞

	敬體	常體
非過去	まじめです	まじめだ
非過去否定	まじめではありません／まじめじゃありません	まじめではない／まじめじゃない
過去	まじめでした	まじめだった

081 **track** 跨頁共同導讀

過去否定	まじめではありませんでした／ まじめじゃありませんでした	まじめではなかった／ まじめじゃなかった

I 類動詞（主幹最後一個字為い、ち、り）

	敬體	常體
非過去	買います	買う
非過去否定	買いません	買わない
過去	買いました	買った
過去否定	買いませんでした	買わなかった

I 類動詞（主幹最後一個字為み、び、に）

	敬體	常體
非過去	飲みます	飲む
非過去否定	飲みません	飲まない

082 **track**

過去	飲みました	飲んだ
過去否定	飲みませんでした	飲まなかった

I 類動詞（主幹最後一個字為し）

	敬體	常體
非過去	話します	話す

track 跨頁共同導讀 082

非過去否定	話しません	話さない
過去	話しました	話した
過去否定	話しませんでした	話さなかった

I 類動詞（主幹最後一個字為き、ぎ）

	敬體	常體
非過去	書きます	書く
非過去否定	書きません	書かない
過去	書きました	書いた
過去否定	書きませんでした	書かなかった

II 類動詞

	敬體	常體
非過去	食べます	食べる
非過去否定	食べません	食べない
過去	食べました	食べた
過去否定	食べませんでした	食べなかった

III 類動詞－来ます

	敬體	常體
非過去	来ます	来る
非過去否定	来ません	来ない
過去	来ました	来た
過去否定	来ませんでした	来なかった

082 **track** 跨頁共同導讀

III 類動詞－します

	敬體	常體
非過去	します	する
非過去否定	しません	しない
過去	しました	した
過去否定	しませんでした	しなかった

083 **track**

辭書形(常體非過去形)

說　明

　　翻過日文字典的人，應該會發現，日文字典裡的單字，動詞的部分都不是以「ます」結尾，而且就算是用ます形的主幹去查詢，也沒有辦法在字典中找到想要的動詞。這是因為字典中的動詞，都是以「常體非過去形」也就是「辭書形」的形式來呈現的。

例　句

例 わかります　→わかる
　 食べます　　→食べる
　 します　　　→する
　 来ます　　　→来る

track 跨頁共同導讀 083

辭書形－Ⅰ類動詞

說 明

　　Ⅰ類動詞要變成辭書形時，先把表示禮貌的「ます」去掉。再將ます形主幹的最後一個字，從同一行的「い段音」變成「う段音」，就完成了辭書形的變化。

句 型

行きます
↓
行き（刪去ます）
↓
（か行的い段音「き」變成か行的う段音「く」，即：ki→ku）
↓
行く

例 句

例 （「い段音」→「う段音」）
書<ruby>き<rt>か</rt></ruby>ます→書<ruby>く<rt>か</rt></ruby>　（ki→ku）
泳<ruby>ぎ<rt>およ</rt></ruby>ます→泳<ruby>ぐ<rt>およ</rt></ruby>　（gi→gu）
話<ruby>し<rt>はな</rt></ruby>ます→話<ruby>す<rt>はな</rt></ruby>　（shi→su）
立<ruby>ち<rt>た</rt></ruby>ます→立<ruby>つ<rt>た</rt></ruby>　（chi→tsu）
呼<ruby>び<rt>よ</rt></ruby>ます→呼<ruby>ぶ<rt>よ</rt></ruby>　（bi→bu）

084 **track**

住みます→住む　(mi→mu)

乗ります→乗る　(ri→ru)

使います→使う　(i→u)

例 句

例 学校へ行きます。（去學校）

↓

学校へ行く。

例 句

例 プールで泳ぎます。（在游泳池游泳）

↓

プールで泳ぐ。

例 句

例 電車に乗ります。（搭火車）

↓

電車に乗る。

track 跨頁共同導讀 084

辭書形－II類動詞

說　明

　　II類動詞要變成辭書形，只需要先將動詞ます形的「ます」去掉，剩下主幹的部分後，再加上「る」，即完成了動詞的變化。

句　型

食べます
↓
食べ（刪去ます）
↓
食べ＋る
↓
食べる

例　句

例（ます→る）

教えます→教える
掛けます→掛ける
見せます→見せる
捨てます→捨てる
始めます→始める
寝ます→寝る

085 **track**

出^でます→出^でる

いFromNumberます→いる

着^きます→着^きる

飽^あきます→飽^あきる

起^おきます→起^おきる

生^いきます→生^いきる

過^すぎます→過^すぎる

似^にます→似^にる

見^みます→見^みる

降^おります→降^おりる

できます→できる

例句

例 野菜^{やさい}を食^たべます。（吃蔬菜）
↓
野菜^{やさい}を食^たべる。

例句

例 電車^{でんしゃ}を降^おります。（下火車）
↓
電車^{でんしゃ}を降^おりる。

例句

例 朝早^{あさはや}く起^おきます。（一大早起床）
↓
朝早^{あさはや}く起^おきる。

文法篇 助詞篇 單字篇

track 跨頁共同導讀 085

辭書形－III類動詞

說 明

　　III類動詞只有「来ます」和「します」，它們的辭書形分別如下。

句 型

　　来^きます→来^くる　（請注意發音）
　　します→する

　　名詞加します的動詞，也是相同的變化：

　　　勉強^{べんきょう}します→勉強^{べんきょう}する

例 句

例 来^きます→来^くる
　　します→する
　　勉強^{べんきょう}します→勉強^{べんきょう}する
　　洗濯^{せんたく}します→洗濯^{せんたく}する
　　質問^{しつもん}します→質問^{しつもん}する
　　説明^{せつめい}します→説明^{せつめい}する
　　紹介^{しょうかい}します→紹介^{しょうかい}する
　　心配^{しんぱい}します→心配^{しんぱい}する
　　結婚^{けっこん}します→結婚^{けっこん}する

例 句

例 うちに来ます。（來我家）
↓
うちに来る

例 句

例 友達と一緒に勉強します。（和朋友一起念書）
↓
友達と一緒に勉強する。

例 句

例 子供のことを心配します。（擔心孩子的事）
↓
子供のことを心配する。

文法篇

助詞篇

單字篇

track 跨頁共同導讀 086

ない形(常體非過去否定)

　　前面學習了常體的非過去形之後，現在要學習常體非過去的否定形，一般又稱為ない形；因此後面的篇章都以「ない形」稱呼。而要將「常體非過去否定」變化成「常體過去否定」，只要把「ない」變成「なかった」即可。

例句

例 食^たべます　（ます形）

食^たべる　（辭書形／常體非過去）

食^たべない　（ない形／常體非過去否定）

食^たべなかった　（常體過去否定）

087 **track**

ない形－Ⅰ類動詞

説　明

　　Ⅰ類動詞的ない形，是將ます形主幹的最後一個音，從同一行的「い段音」變成「あ段音」，然後再加上「ない」。即完成ない形的變化。其中需要注意的是，主幹結尾若是「い」則要變成「わ」。

句　型

書きます
↓
書き（刪去ます）
↓
（か行「い段音」的「き」變成か行「あ段音」的「か」。き→か；
即：ki→ka）
↓
書かない（加上「ない」）

例　句

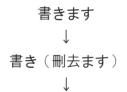（「い段音」→「あ段音」＋「ない」）

書きます→書かない　　(ki→ka)
泳ぎます→泳がない　　(gi→ga)
話します→話さない　　(shi→sa)
立ちます→立たない　　(chi→ta)
呼びます→呼ばない　　(bi→ba)
住みます→住まない　　(mi→ma)

track 跨頁共同導讀 087

乗^のります→乗^のらない　(ri→ra)

使^{つか}います→使わない　(i→wa)　（特別變化）

例 句

例 日本^{にほん}に住^すみません。　（不住日本）

↓

日本^{にほん}に住^すまない。

例 句

例 道具^{どうぐ}を使^{つか}いません。　（不用道具）

↓

道具^{どうぐ}を使^{つか}わない。

例 句

例 友達^{ともだち}と話^{はな}しません。　（不和朋友說話）

↓

友達^{ともだち}と話^{はな}さない。

ない形－Ⅱ類動詞

説　明

　　Ⅱ類動詞的ない形，只要把ます形主幹的部分加上表示否定的「ない」，即完成變化。

句　型

食べます

↓

食べ（刪去ます）

↓

食べない（加上「ない」）

例　句

例（ます→ない）

教（おし）えます→教（おし）えない

掛（か）けます→掛（か）けない

見（み）せます→見（み）せない

捨（す）てます→捨（す）てない

始（はじ）めます→始（はじ）めない

寝（ね）ます→寝（ね）ない

出（で）ます→出（で）ない

います→いない

着（き）ます→着（き）ない

飽（あ）きます→飽（あ）きない

track 跨頁共同導讀 088

起きます→起きない

生きます→生きない

過ぎます→過ぎない

似ます→似ない

見ます→見ない

降ります→降りない

できます→できない

例 句

例 野菜を食べません。（不吃蔬菜）
↓
野菜を食べない。

例 句

例 電車を降りません。（不下火車）
↓
電車を降りない。

例 句

例 朝早く起きません。（不一大早起床）
↓
朝早く起きない。

089 **track**

ない形－III類動詞

説 明

III類動詞的ない形為特殊的變化方式：

来ます→来ない　（請注意發音的變化）

します→しない

例 句

例 来ます→来ない　（請注意發音的變化）

します→しない

勉強します→勉強しない

洗濯します→洗濯しない

質問します→質問しない

説明します→説明しない

紹介します→紹介しない

心配します→心配しない

結婚します→結婚しない

例 句

例 うちに来ません。（不来我家）

↓

うちに来ない。

track 跨頁共同導讀 089

例 句

例 友達と一緒に勉強しません。（不和朋友一起念書）
↓
友達と一緒に勉強しない。

例 句

例 子供のことを心配しません。（不擔心孩子的事）
↓
子供のことを心配しない。

090 **track**

使用ない形的表現－表示禁止
～ないでください

説 明

「～ないでください」是委婉的禁止，表示請不要做某件事情。

句 型

Vないでください
（Vない：常體否定形）

例 句

例 タバコを吸わないでください。
ta.ba.ko.o./su.wa.na.i.de./ku.da.sa.i.
請不要吸菸。

090 **track** 跨頁共同導讀

例 句

例 この機械を使わないでください。

ko.no.ki.ka.i.o./tsu.ka.wa.na.i.de./ku.da.sa.i.

請不要用這臺機器。

例 句

例 図書館の本にメモしないでください。

to.sho.ka.n.no.ho.n.ni./me.mo.shi.na.i.de./ku.da.sa.i.

請不要在圖書館的書上做筆記。

例 句

例 寒いので、ドアを開けないでください。

sa.mu.i.no.de./do.a.o./a.ke.na.i.de./ku.da.sa.i.

因為很冷，請不要開門。

例 句

例 今日は出かけないでください。

kyo.u.wa./de.ka.ke.na.i.de./ku.da.sa.i.

今天請不要出門。

例 句

例 写真を撮らないでください。

sha.shi.n.o./to.ra.na.i.de./ku.da.sa.i.

請不要拍照。

track 091

使用ない形的表現－表示義務
～なければなりません

說　明

「～なければなりません」是表示一定要做某件事情，帶有義務、強制、禁止之意味。

句　型

Vなければ＋なりません

（將常體否定形「Vない」變成「Vなければ」）

例　句

例 レポートを出さなければなりません。

re.po.o.to.o./da.sa.na.ke.re.ba./na.ri.ma.se.n.

報告不交不行。／一定要交報告。

例　句

例 お金を払わなければなりません。

o.ka.ne.o./ha.ra.wa.na.ke.re.ba./na.ri.ma.se.n.

不付錢不行。／一定要付錢。

例　句

例 七時に帰らなければなりません。

shi.chi.ji.ni./ka.e.ra.na.ke.re.ba./na.ri.ma.se.n.

七點前不回家不行。／七點一定要回家。

例　句

例 掃除しなければなりません。

so.u.ji./shi.na.ke.re.ba./na.ri.ma.se.n.

不打掃不行。／一定要打掃。

091 **track** 跨頁共同導讀

例 句

例 勉強しなければなりません。

be.n.kyo.u.shi.na.ke.re.ba./na.ri.ma.se.n.

不用功不行。／一定要用功。

例 句

例 仕事を頑張らなければなりません。

shi.go.to.o./ga.n.ba.ra.na.ke.re.ba./na.ri.ma.se.n.

工作不努力不行。／一定要努力工作。

092 **track**

使用ない形的表現－建議 （表示反對）
～ないほうがいいです

說 明

「～ないほうがいいです」是提供對方意見，表示不要這麼做會比較好。

句 型

Vない＋ほうがいいです

（Vない：動詞常體ない形）

　　註：表示建議的句型，還有另一種「Vたほうがいいです」，是建議對方最好要做什麼事。可參考た形篇。

track 跨頁共同導讀 092

例 句

例 カタカナで書かないほうがいいです。

ka.ta.ka.na.de./ka.ka.na.i.ho.u.ga./i.i.de.su.

最好別用片假名寫。

例 句

例 見ないほうがいいです。

mi.na.i.ho.u.ga./i.i.de.su.

最好不要看。

例 句

例 名前を書かないほうがいいです。

na.ma.e.o./ka.ka.na.i.ho.u.ga./i.i.de.su.

最好不要寫名字。

例 句

例 行かないほうがいいです。

i.ka.na.i.ho.u.ga./i.i.de.su.

最好不要去。

例 句

例 しないほうがいいです。

shi.na.i.ho.u.ga./i.i.de.su.

這麼別好。

例 句

例 話さないほうがいいです。

ha.na.sa.na.i.ho.u.ga./i.i.de.su.

最好別說。

093 **track**

た形－I 類動詞

說 明

　　た形又稱為常體過去形，I 類動詞的た形變化又可依照動詞ます形的主幹最後一個字，分為下列幾種：
　　1. 主幹最後一個字為い、ち、り→った
　　2. 主幹最後一個字為き、ぎ→いた、いだ
　　3. 主幹最後一個字為み、び、に→んだ
　　4. 主幹最後一個字為し→した

說 明

　　I 類動詞－主幹最後一個字為い、ち、り→った

例 句

例　買います→買った
　　払います→払った
　　歌います→歌った
　　作ります→作った
　　送ります→送った
　　売ります→売った
　　待ちます→待った
　　持ちます→持った
　　立ちます→立った
　　行きます→行った　　（此為特殊變化）

track 跨頁共同導讀 093

例 句

例 新しい携帯を買いました。（買了新手機）
↓
新しい携帯を買った。

例 句

例 自分で料理を作りました。（自己做了菜）
↓
自分で料理を作った。

例 句

例 長く待ちました。（等了很久）
↓
長く待った。

説 明

Ⅰ類動詞－主幹最後一個字為き、ぎ→いた、いだ

例 句

例 書きます→書いた
聞きます→聞いた
泣きます→泣いた
歩きます→歩いた
働きます→働いた
泳ぎます→泳いだ

 094 **track**

脱ぎます→脱いだ

例 句

例 小説を書きました。（寫了小説）
↓
小説を書いた。

例 句

例 学校まで歩きました。（走到學校）
↓
学校まで歩いた。

例 句

例 プールで泳ぎました。（在泳池游過泳）
↓
プールで泳いだ。

説 明

Ⅰ類動詞－主幹最後一個字為み、び、に→んだ

例 句

例 飲みます→飲んだ
読みます→読んだ
住みます→住んだ
休みます→休んだ
飛びます→飛んだ
呼びます→呼んだ

track 跨頁共同導讀 094

遊びます→遊んだ

死にます→死んだ

例 句

例 昨日くすりを飲みました。(昨天吃了藥)
↓
昨日くすりを飲んだ。

例 句

例 公園で遊びました。(去公園玩過了)
↓
公園で遊んだ。

例 句

例 日本に住みました。(在日本住過)
↓
日本に住んだ。

説 明

Ⅰ類動詞－主幹最後一個字為し→した

例 句

例 話します→話した

消します→消した

貸します→貸した

返します→返した

095 **track**

例 句

例 昨日、友達と話しました。(昨天和朋友說過話)
　↓
　昨日、友達と話した。

例 句

例 電気を消しました。(把燈關了)
　↓
　電気を消した。

例 句

例 お金を貸しました。(借了錢)
　↓
　お金を貸した。

例 句

例 本を返しました。(還了書)
　↓
　本を返した。

track 跨頁共同導讀 095

た形－II類動詞

說　明

　　II類動詞要變化成た形，只需要把動詞ます形的主幹後面加上「た」即完成變化。

　　例如：

食べます

↓

食べ（刪去ます）

↓

食べた（加上「た」）

例　句

例（ます→た）

教えます→教えた

掛けます→掛けた

見せます→見せた

捨てます→捨てた

始めます→始めた

寝ます→寝た

出ます→出た

います→いた

着ます→着た

飽きます→飽きた

096 track

起きます→起きた
生きます→生きた
過ぎます→過ぎた
似ます→似た
見ます→見た
降ります→降りた
できます→できた

例 句

例 野菜を食べました。（吃過蔬菜了）
↓
野菜を食べた。

例 句

例 電車を降りました。（下火車了）
↓
電車を降りた。

例 句

例 朝早く起きました。（一大早就起來了）
↓
朝早く起きた。

文法篇

track 跨頁共同導讀 096

た形－III類動詞

說明

III類動詞為特殊的變化，變化的方法如下：

来ます→来た

します→した

勉強します→勉強した

例句

例 来ます→来た

します→した

勉強します→勉強した

洗濯します→洗濯した

質問します→質問した

説明します→説明した

紹介します→紹介した

心配します→心配した

結婚します→結婚した

例句

例 うちに来ました。（來我家了）

↓

うちに来た。

097 **track**

例 句

例 友達と一緒に勉強しました。（和朋友一起念過書了）

↓

友達と一緒に勉強した。

例 句

例 子供のことを心配しました。（擔心過孩子的事了）

↓

子供のことを心配した。

track 跨頁共同導讀 097

なかった形－常體過去否定形

說　明

　　在前面學到了，常體非過去的否定形，字尾都是用「ない」的方式表現。

　　「ない」是屬於「い形容詞」。在形容詞篇中則學過「い形容詞」的過去式，因此「ない」的過去式就是「なかった」。

　　而常體過去形的否定，則只需要將常體過去形的字尾的「ない」改成「なかった」即可。

句　型

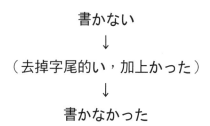

書かない
↓
（去掉字尾的い，加上かった）
↓
書かなかった

例　句

例（Ⅰ類動詞）

行かない→行かなかった

働かない→働かなかった

泳がない→泳がなかった

話さない→話さなかった

待たない→待たなかった

098 **track**

死_しなない→死_しななかった
呼_よばない→呼_よばなかった
飲_のまない→飲_のまなかった
作_{つく}らない→作_{つく}らなかった
買_かわない→買_かわなかった
洗_{あら}わない→洗_{あら}わなかった

例句

例 （II類動詞）

食_たべない→食_たべなかった
開_{ひら}けない→開_{ひら}けなかった
降_おりない→降_おりなかった
借_かりない→借_かりなかった
見_みない→見_みなかった
着_きない→着_きなかった

例句

例 （III類動詞）

来_こない→来_こなかった

しない→しなかった

勉強_{べんきょう}しない→勉強_{べんきょう}しなかった

track 跨頁共同導讀 098

例 句

例 昨日、手紙を書きませんでした。（昨天沒有寫信）

↓

昨日、手紙を書かなかった。

例 句

例 昨日、家を出ませんでした。（昨天沒有出門）

↓

昨日、家を出なかった。

例 句

例 昨日、私は質問しませんでした。（昨天我沒有問問題）

↓

昨日、私は質問しなかった。

track 099

使用た形的表現－表示經驗

～たことがあります

說 明

「～たことがあります」是表示有沒有做過某件事情，用來表示經歷。

句 型

Ｖた＋ことがありません

（Ｖた：動詞常體過去式）

文法篇

099 **track** 跨頁共同導讀

例 句

例 日本へ行った事がありますか。
ni.ho.n.e./i.tta.ko.to.ga./a.ri.ma.su.ka.
有去過日本嗎？

例 句

例 サメを見た事があります。
sa.me.o./mi.ta.ko.to.ga./a.ri.ma.su.ka.
有看過鯊魚。

例 句

例 この本を読んだ事があります。
ko.no.ho.n.o./yo.n.da.ko.to.ga./a.ri.ma.su.
有讀過這本書。

例 句

例 手紙を書いた事がありますか。
te.ga.mi.o./ka.i.ta.ko.to.ga./a.ri.ma.su.ka.
有寫過信嗎？

例 句

例 日本語で話した事があります。
ni.ho.n.go.de./ha.na.shi.ta.ko.to.ga./a.ri.ma.su.
有用日文講過話。

例 句

例 お花見に行った事がありますか。
o.ha.na.mi.ni./i.tta.ko.to.ga./a.ri.ma.su.ka.
有去賞過花嗎？

 track 100

使用た形的表現－舉例
～たり～たりしました

說明

　　「～たり～たりする」是表示做做這個、做做那個。並非同時進行，也並非有固定的順序，而是從自己做過的事情當中，挑選幾樣說出來。

句型

　　Ｖ１たり＋Ｖ２たり＋します。

　　（Ｖ１た、Ｖ２た：動詞常體過去形）

例句

例 日曜日は寝たり食べたりしました。

ni.chi.yo.u.bi.wa./ne.ta.ri./ta.be.ta.ri./shi.ma.shi.ta.

星期日在吃吃睡睡中度過。

例句

例 今日は本を読んだり絵を描いたりしました。

kyo.u.wa./ho.n.o./yo.n.da.ri./e.o./ka.i.ta.ri./shi.ma.shi.ta.

今天念了書、畫了畫。

例句

例 朝は洗濯したり散歩したりします。

a.sa.wa./se.n.ta.ku.shi.ta.ri./sa.n.po.shi.ta.ri./shi.ma.su.

早上會洗衣服、散步。

100 **track** 跨頁共同導讀

例 句

例 休日は友達に会ったり音楽を聴いたりします。

kyu.u.ji.tsu.wa./to.mo.da.chi.ni./a.tta.ri./o.n.ga.ku.o./ki.i.ta.ri./shi.ma.su.

假日會和朋友見面、聽聽音樂。

例 句

例 毎日アニメを見たり漫画を読んだりします。

ma.i.ni.chi./a.ni.me.o./mi.ta.ri./ma.n.ga.o./yo.n.da.ri./shi.ma.su.

每天看看卡通，看看漫畫。

例 句

例 毎日掃除したりご飯を作ったりします。

ma.i.ni.chi./so.u.ji.shi.ta.ri./go.ha.no./tsu.ku.tta.ri./shi.ma.su.

每天打掃、作飯。

 **track** 101

て形－Ⅰ類動詞

【說　明】

　　て形是屬於接續的用法，Ⅰ類動詞的て形變化又可依照動詞ます形的主幹最後一個字，分為下列幾種：

　　5. 主幹最後一個字為い、ち、り→って

　　6. 主幹最後一個字為き、ぎ→いて、いで

　　7. 主幹最後一個字為み、び、に→んで

　　8. 主幹最後一個字為し→して

【句　型】

　　主幹最後一個字為い、ち、り→って

【例　句】

例　買(か)います→買(か)って

　　払(はら)います→払(はら)って

　　歌(うた)います→歌(うた)って

　　作(つく)ります→作(つく)って

　　送(おく)ります→送(おく)って

　　売(う)ります→売(う)って

　　待(ま)ちます→待(ま)って

　　持(も)ちます→持(も)って

　　立(た)ちます→立(た)って

　　行(い)きます→行(い)って　　　（此為特殊變化）

101 **track** 跨頁共同導讀

句　型

主幹最後一個字為き、ぎ→いて、いで

例　句

例 書_かきます→書_かいて

聞_ききます→聞_きいて

泣_なきます→泣_ないて

歩_{ある}きます→歩_{ある}いて

働_{はたら}きます→働_{はたら}いて

泳_{およ}ぎます→泳_{およ}いで

脱_ぬぎます→脱_ぬいで

句　型

主幹最後一個字為み、び、に→んで

例　句

例 飲_のみます→飲_のんで

読_よみます→読_よんで

住_すみます→住_すんで

休_{やす}みます→休_{やす}んで

飛_とびます→飛_とんで

 track 102

呼びます→呼んで

遊びます→遊んで

死にます→死んで

句型

主幹最後一個字為し→して

例句

例 話します→話して

消します→消して

貸します→貸して

返します→返して

て形－II類動詞

說明

　　II類動詞要變化成て形，只需要把動詞ます形的主幹後面加上「て」即完成變化。

句型

食べます

↓

食べ（刪去ます）

↓

食べて（加上「て」）

例句

教えます→教えて
掛けます→掛けて
見せます→見せて
捨てます→捨てて
始めます→始めて
寝ます→寝て
出ます→出て
います→いて
着ます→着て

track 103

飽きます→飽きて

起きます→起きて

生きます→生きて

過ぎます→過ぎて

似ます→似て

見ます→見て

降ります→降りて

できます→できて

て形－III類動詞

說　明

III類動詞為特殊的變化，變化的方法如下：

来ます→来て
_き　　　_き

します→して

勉強します→勉強して
_{べんきょう}　　　　_{べんきょう}

例　句

例 来ます→来て

します→して

勉強します→勉強して
_{べんきょう}　　　　_{べんきょう}

洗濯します→洗濯して
_{せんたく}　　　　_{せんたく}

質問します→質問して
_{しつもん}　　　　_{しつもん}

説明します→説明して
_{せつめい}　　　　_{せつめい}

紹介します→紹介して
_{しょうかい}　　　　_{しょうかい}

心配します→心配して
_{しんぱい}　　　　_{しんぱい}

結婚します→結婚して
_{けっこん}　　　　_{けっこん}

文法篇

track 104

使用て形的表現－表示動作的先後順序

V1て＋V2ます

說 明

表示動作先後的句型是：

V1て＋V2ます

（V1て：先進行的動作て形／V2：後進行的動作）

在上述的句型中，V1是表示先進行的動作，完成了V1之後，才進行V2這個動作。若是有三個以上的動作，則依照順序，把每個動詞都變成て形，最後一個動詞表示時態即可，例如：

ご飯を食べて、歯を磨いて、シャワーを浴びて、着替えて、それから寝ます。

（吃完飯後刷牙，然後洗澡、換衣服之後，去睡覺）

句 型

V1て＋V2ます

（V1て：先進行的動作て形／V2：後進行的動作）

例 句

例 ご飯を食べて、お皿を洗いました。

go.ha.n.o./ta.be.te./o.sa.ra.o./a.ra.i.ma.shi.ta.

吃完飯後，洗碗。

例 句

例 手を洗って、ケーキを食べました。

te.o.a.ra.tte./ke.e.ki.o./ta.be.ma.shi.ta.

洗完手後，吃蛋糕。

例 句

例 手を上げて、質問します。

te.o.a.ge.te./shi.tsu.mo.n.shi.ma.su.

舉手後發問。

例 句

例 バスに乗って、会社へ行きます。

ba.su.ni.no.tte./ka.i.sha.e./i.ki.ma.su.

坐車公車，前往公司。

例 句

例 本を読んで、寝ます。

ho.n.o./yo.n.de./ne.ma.su.

讀完書後睡覺。

track 105

使用て形的表現－表示先後順序
～てから

說　明

「～てから」是表示動作的完成，後面要再加接下去的另一個動作。

句　型

V１てから＋V２ます

（V１て：動詞て形／V２：接下去的動作）

例　句

例 電話をかけてから、出かけます。

de.n.wa.o./ka.ke.te.ka.ra./de.ka.ke.ma.su.

打完電話後，就出門。

例　句

例 本を読んでから、作ります。

ho.n.o./yo.n.de.ka.ra./tsu.ku.ri.ma.su.

讀完書後就開始做。

例　句

例 仕事が終わってから、ご飯を食べます。

shi.go.to.ga./o.wa.tte.ka.ra./go.ha.n.o./ta.be.ma.su.

工作完成後就吃飯。

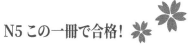

使用て形的表現－狀態的持續
～います

說 明

「～ています」是表示動作持續或是正在進行中的狀態。

句 型

V て＋います

（V て：動詞て形）

例 句

例 木村さんは結婚しています。

ki.mu.ra.sa.n.wa./ke.kko.n.shi.te./i.ma.su.

木村先生（小姐）已婚。

例 句

例 赤ちゃんは寝ています。

a.ka.cha.n.wa./ne.te./i.ma.su.

小寶寶正在睡覺。

例 句

例 学生は先生と話しています。

ga.ku.se.i.wa./se.n.se.i.to./ha.na.shi.te./i.ma.su.

學生正在和老師講話。

文法篇 助詞篇 單字篇

 track 106

例 句

例 彼女は友達を待っています。

ka.no.jo.wa./to.mo.da.chi.o./ma.tte./i.ma.su.

她正在等朋友。

例 句

例 今は本を読んでいます。

i.ma.wa./ho.n.o./yo.n.de./i.ma.su.

現在正在讀書。

例 句

例 朝からずっと働いています。

a.sa.ka.ra./zu.tto./ha.ta.ra.i.te./i.ma.su.

從早上就一直在工作。

使用て形的表現－要求
～てください

說　明

「～てください」是表示請求、要求的意思。

句　型

Ｖて＋ください

（Ｖて：動詞て形）

例　句

例 ここに記入^{きにゅう}してください。
ko.ko.ni./ki.nyu.u.shi.te./ku.da.sa.i.
請在這裡填入。

例　句

例 ドアを開^あけてください。
do.a.o./a.ke.te./ku.da.sa.i.
請打開門。

例　句

例 教^{おし}えてください。
o.shi.e.te./ku.da.sa.i.
請教我。

例　句

例 この文^{ぶん}を読^よんでください。
ko.no.bu.n.o./yo.n.de./ku.da.sa.i.
請讀這個句子。

文法篇 助詞篇 單字篇

track 107

使用て形的表現－禁止
～てはいけません

說　明

「～てはいけません」是表示強烈的禁止，說明不能做某個動作。

句　型

Ｖて＋はいけません

（Ｖて：動詞て形）

例　句

例 休んではいけません。
ya.su.n.de.wa./i.ke.ma.se.n.
不能休息。

例　句

例 漫画を読んではいけません。
ma.n.ga.o./yo.n.de.wa./i.ke.ma.se.n.
不可以看漫畫。

例　句

例 お酒を飲んではいけません。
o.sa.ke.o./no.n.de.wa./i.ke.ma.se.n.
不可以喝酒。

例 句

例 カンニングしてはいけません。
ka.n.ni.n.gu./shi.te.wa./i.ke.ma.se.n.
不可以作弊。

例 句

例 パソコンを使ってはいけません。
pa.so.ko.n.o./tsu.ka.tte.wa./i.ke.ma.se.n.
不可以用電腦。

例 句

例 アイスを食べてはいけません。
a.i.su.o./ta.be.te.wa./i.ke.ma.se.n.
不可以吃冰。

N5 この一冊で合格！

助詞篇

108 **track**

は－用於說明或是判斷

說 明

在學習名詞句、形容詞句時，可以常常看到「は」這個助詞出現。在這些句子中出現的「は」，就是用於說明或是判斷的句子時的「は」。而這其中又可以細分為表示名字、說明定義、生活中的真理、一般的習慣、發話者的判斷、……等各種不同的用法。接下來，就利用下面的句子中為實際例子做學習。

例 句

例 私は田中京子です。
wa.ta.shi.wa./ta.na.ka.kyo.u.ko.de.su.
我叫田中京子。（表示名字）

例 句

例 これは椅子です。
ko.re.wa./i.su.de.su.
這是椅子。（表示定義）

例 句

例 冬は寒いです。
fu.yu.wa./sa.mu.i.de.su.
冬天是寒冷的。（表示一般性的定理）

 track 109

例 句

例 一分は六十秒です。

i.ppu.n.wa./ro.ku.ju.u.byo.u.de.su.

一分鐘是六十秒。（表示一般性的定理）

例 句

例 先生は毎日運動します。

se.n.se.i.wa./ma.i.ni.chi./u.n.do.u.shi.ma.su.

老師每天都做運動。（表示習慣）

例 句

例 ゲームは楽しいです。

ge.e.mu.wa./ta.no.shi.i.de.su.

玩遊戲很開心。（表示發話者的判斷）

109 **track** 跨頁共同導讀

は－說明主題的狀態

說　明

　　在學習形容詞句的時候，我們曾經學習過「うさぎは耳が長いです」這樣的句子。句子中的「は」就是用來說明主題「うさぎ」的狀態，而句中的狀態就是「耳が長い」。也就是說，在這樣的句子裡，「は」後面的句子，皆是用來說明主題的狀態。

例　句

例 田中さんは髪が長いです。
ta.na.ka.sa.n.wa./ka.mi.ga./na.ga.i.de.su.
田中小姐的頭髮很長。

（主題：田中さん／狀態：髪が長い）

例　句

例 弟は頭がいいです。
o.to.u.to.wa./a.ta.ma.ga.i.i.de.su.
弟弟的腦筋很好。

（主題：弟／狀態：頭がいい）

 **track** 110

は－兩者比較說明時

　　列舉兩個主題，將兩個主題同時做比較的時候，要分別比較說明兩個主題分別有什麼樣的特點之時，即是使用「は」。這樣的句子通常是前後兩個句子的句型很相似，句意也會相關或是相反。

例　句

例 いちごは好<すき>きですが、バナナは嫌<きら>いです。
i.chi.go.wa./su.ki.de.su.ga./ba.na.na.wa./ki.ra.i.de.su.
喜歡草莓，討厭香蕉。

例　句

例 鶏肉<とりにく>は食<た>べますが、牛肉<ぎゅうにく>は食<た>べません。
to.ri.ni.ku.wa./ta.be.ma.su.ga./gyu.u.ni.ku.wa./ta.be.ma.se.n.
吃雞肉，不吃牛肉。

N

110 **track** 跨頁共同導讀

は－談論前面提過的主題時

說　明

　　在談話的時候，一個主題的話題，通常不會只有一句話就結束，當第二句話的主題，還是以前一句話的主題為中心時，第二句話提到主語時，後面的助詞就要使用「は」，以表示所說的是特定的對象。比如說前一個句子提到了一隻狗，那個下個句子提到那隻狗時，後面的助詞就要用「は」

例　句

例 うちに猫がいます。その猫は白いです。
u.chi.ni./ne.ko.ga./i.ma.su./so.no.ne.ko.wa./shi.ro.i.de.su.
我家有隻貓。那隻貓是白色的。

例　句

例 あそこにレストランがあります。そのレストランはまずいです。
a.so.ko.ni./re.su.to.ra.n.ga./a.ri.ma.su./so.no.re.su.to.ra.n.wa./ma.zu.i.de.su.
那裡有間餐廳。那間餐廳的菜很難吃。

track 111

は－限定的主題時

説明

　　要在眾多事物中指出其中一個再加以說明時，要先指出該項事物的特點，以讓聽話的對方知道指定的主題是誰，然後找到主題後，發話者，再針對主題作出說明。像這樣的情形，在面臨限定的主題時，後面就要用助詞「限定」。

例 句

例 あの高（たか）い人（ひと）はだれです。
a.no.ta.ka.i.hi.to.wa./da.re.de.su.
那個高的人是誰？

（限定條件：あの高い／主題：人　　　）

例 句

例 あのきれいな携帯（けいたい）はだれのですか。
a.no.ki.re.i.na./ke.i.ta.i.wa./da.re.no./de.su.ka.
那個漂亮的手機是誰的？

（限定條件：あのきれいな／主題：携帯　　　）

は－選出一項主題加以強調

說　明

　　在眾多的物品中，舉出其中一個加以強調時，被舉出的主題後面，就要用「は」。

例　句

例 お腹が一杯です。でもケーキは食べたいです。

o.na.ka.ga./i.ppa.i.de.su./de.mo./ke.e.ki.wa./ta.be.ta.i.de.su.

（お腹が一杯です：吃得很飽。／でも：但是）

已經吃飽了。但是還想吃蛋糕。

（吃飽了理應吃不下其他東西，但在眾多食物中舉出蛋糕這項主題，強調有蛋糕的話，就會想吃）

例　句

例 肉が嫌いですが、魚は食べます。

ni.ku.ga./ki.ra.i.de.su.ga./sa.ka.na.wa./ta.be.ma.su.

不喜歡吃肉，但是吃魚。

（雖然討厭肉類，但是從肉類中舉出魚為主題，強調會吃魚肉）

文法篇
助詞篇
單字篇

track 112

が－在自動詞句的主語後面

說　明

　　在自動詞句篇中學到的自動詞句，都是在主語後面使用「が」。（若遇到特殊的情形，也會有使用「は」的句子，但在此以一般的情狀為主，以方便記憶）

例　句

例 商店街に人が大勢います。
sho.u.te.n.ga.i.ni./hi.to.ga./o.o.ze.i.i.ma.su.
商店街有大批的人潮。（表示存在）

例　句

例 雪が降ります。
yu.ki.ga./fu.ri.ma.su.
下雪。（表示自然現象）

例　句

例 電車が来ます。
de.n.sha.ga./ki.ma.su.
電車來了。（表示事物的現象）

例　句

例 デパートでみんなが買い物します。（表示人的行為）
de.pa.a.to.de./mi.n.na.ga./ka.i.mo.nio.shi.ma.su.

112 **track** 跨頁共同導讀

が－表示某主題的狀態

說 明

在學習形容詞句的時候，我們曾經學習過「うさぎは耳が長いです」這樣的句子。在句子中「うさぎ」是敘述的主題，而「耳が長い」則是表示其狀態，因為句子中同時有兩個主語，所以後面表示敘述的主語就會使用「が」。

例 句

例 キリンは首が長いです。
ki.ri.n.wa./ku.bi.ga./na.ga.i.de.su.
長頸鹿的脖子很長。

 track 113

が-表示對話中首次出現的主題

說　明

　　前面學習「は」的時候，說過在對話中的主題出現第二次時，就要使用「は」。那麼在第一次出現時，則是是要使用「が」來提示對方這個主題的存在，說明這是話題中第一次出現這個主題。

例　句

例 そこに白い椅子があります。それはいくらですか。

so.ko.ni./shi.ro.i./i.su.ga./a.ri.ma.su./so.re.wa./i.ku.ra.de.su.ka.

那裡有張白色的衣子。那張椅子多少錢呢？

例　句

例 あそこにきれいな女の人がいます。あの人は私の母です。

a.so.ko.ni./ki.re.i.na./o.n.na.no.hi.to.ga./i.ma.su./a.no.hi.to.wa./wa.ta.shi.no./ha.ha.de.su.

那裡有一位美麗的女人。那個人就是我母親。

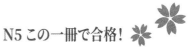
文法篇

助詞篇

單字篇

が－表示心中感覺

說明

　　在句子中表示自己的喜好、不安、願望、要求、希望、關心……等心中的感覺時，在表示關心的事物後面，是用「が」來表示。值得注意的是，在句中用到的動詞，前面主要都是和「が」連用。

　　另外，表示心中感覺的句子，通常都是以「我」為主角。若主語是「你」時，通常是疑問句，而主語是「第三人稱」時，則有特殊變化的句型，在此不做介紹。

例句

例 私は釣りが好きです。 （好き：喜歡）
wa.ta.shi.wa./tsu.ri.ga./su.ki.de.su.
我喜歡釣魚。

例句

例 あなたは魚が嫌いですか。 （嫌い：討厭）
a.na.ta.wa./sa.ka.na.ga./ki.ra.i.de.su.ka.
你不喜歡魚嗎？

 **track** 114

が－表示所屬關係

> 説　明

　　表示「擁有」某樣東西時，通常是用「あります」「います」這些動詞。而在擁有的東西後面，要加上助詞「が」來表示是所屬的關係。

> 例　句

例 私は野球のボールが三つあります。

wa.ta.shi.wa./ya.kyu.u.no.boo.ru.ga./mi.ttsu./a.ri.ma.su.

我有三顆棒球。

例 彼は友達がたくさんいます。

ka.re.wa./to.mo.da.chi.ga./ta.ku.sa.n./i.ma.su.

他有很多朋友。

114 **track** 跨頁共同導讀

が－逆接

説明

「が」除了可以放在名詞後面之外，也可以放在句子的最後面，表示其他不同的意思。當前後文的意思相反時，在前句的最後面，加上助詞「が」，即是表示下一句話和這一句話的意思完全相反。

例句

例 成績はいいですが、性格は悪いです。
se.i.se.ki.wa./i.i.de.su.ga./se.i.ka.ku.ga./wa.ru.i.de.su.
成績很好，但是個性很惡劣。

例句

例 きれいですが、冷たいです。
ki.re.i.de.su.ga./tsu.me.ta.i.de.su.
長得很漂亮，但是很冷淡。

文法篇 助詞篇 單字篇

が－開場

說　明

　　在日文中，要開口和人交談時，若是陌生人或是較禮貌的場合時，一開始都會先用「すみませんが」來引起對方的注意。就像是中文裡，想要引起對方注意時，會說「不好意思」「請問…」一樣。因此，在會話開場時，會在「すみません」等詞的後面再加上助詞「が」。

例　句

例 あのう、すみませんが、図書館はどこですか。
a.no.u./su.mi.ma.se.n.ga./to.sho.ka.n.wa./do.ko.de.su.ga.
不好意思，請問圖書館在哪裡呢？

例　句

例 つまらないものですが、どうぞ召し上がってください。
tsu.ma.ra.na.i.mo.no.de.su.ga./do.u.zo./me.shi.a.ga.tte.ku.da.sa.i.
一點小意思，請品嚐。

（這句為常用的句子，可當成慣用句來背誦）

115 **track** 跨頁共同導讀

が－兩個主題並列

說 明

敍述主題時，要同時舉出兩個特色並列說明時，在前一句的後面加上「が」，表示並列的意思。

例 句

例 兄は医者ですが、弟はスポーツ選手です。

a.ni.wa./i.sha.de.su.ga./o.to.u.to.wa./su.po.o.tsu.se.n.shu.de.su.

哥哥是醫生，弟弟是體育選手。

 116 **track**

も－表示共通點

說 明

兩項主題間具有相同的共通點時，可以用「も」來表示「也是」的意思。使用的時候有兩種情況，一種是只加在後面出現的主語，另一種則是後前兩個主語都使用「も」。

例 句

例 彼は台湾から来ました。私も台湾から来ました。

ka.re.wa./ta.i.wa.n.ka.ra./ki.ma.shi.ta./wa.ta.shi.mo./ta.i.wa.n.ka.ra./ki.ma.shi.ta.

他是從來台灣來的，我也是從台灣來的。

track 跨頁共同導讀 116

も－與疑問詞連用

說　明

　　「も」和疑問詞連用的時候，可以當成是「都」的意思。例如「どれも」就是「每個都」的意思。而疑問詞和「も」連用，通常都是具有強烈肯定或否定的意思。

例 句

例 どれ＋も→どれも
　　(不管)哪個都

例 いつ＋も→いつも
　　一直都／隨時都

例 どこ＋も→どこも
　　哪裡都／到處都

例 なに＋も→なにも
　　（不管）什麼都

例 句

例 どれもいい作品です。
　　do.re.mo./i.i.sa.ku.hi.n.de.su.
　　不管哪個都是好作品。

例 句

例 いつも忙しいです。
　　i.tsu.mo./i.so.ga.shi.i.de.su.
　　一直都很忙。

117 track

も－強調程度

說明

在句子中，要強調數量的多寡、程度的強烈時，可以在句中的數字後面加上「も」，表示「竟然也有這麼多」的意思。或是在名詞後面加上「も」，表示竟然連這件事都不做或是竟然連這個都沒有。

例句

例 公園に百人もいます。

ko.u.e.n.ni./hya.ku.ni.n.mo./i.ma.su.

公園裡竟然有一百個人。

の－表示所屬關係

說明

「の」是表示「的」，具有表示所屬、說明屬性的意思。像是「私の本」裡的「の」，就是「我的書」中「的」的意思。

例句

例 先生の車です。

se.n.se.i.no./ku.ru.ma.de.su.

老師的車。（表示所屬關係）

文法篇 助詞篇 單字篇

track 跨頁共同導讀 117

を－表示他動詞動作的對象

說　明

　　當「を」出現在名詞後面的時候，是表示動詞所動作的對象，這時的名詞也就是一般所說的「受詞」。

例　句

例 ジュースを飲みます。

ju.u.su.o./no.mi.ma.su.

喝果汁。

を－表示移動動詞動作的場所

說明

在前面的自動詞篇章中，曾經提到自動詞中有種特別的動詞，叫做「移動動詞」，而在移動動詞中，有一種表示在某區域、場所間移動的動詞，這種動詞，就要要使用「を」來表示移動的地點和場所。

例句

例 公園を散歩します。

ko.u.e.n.o./sa.n.po.shi.ma.su.

在公園裡散步。

例句

例 道を歩きます。

mi.chi.o./a.ru.ki.ma.su.

在路上走。／走路。

例句

例 海を渡ります。

u.mi.o./wa.ta.ri.ma.su.

渡海。

例句

例 鳥が空を飛びます。

to.ri.ga./so.ra.o./to.bi.ma.su.

鳥在空中飛翔。

文法篇　助詞篇　單字篇

track 跨頁共同導讀 118

を－從某處出來

說 明

　　要表示從某個地方出來，是在場所的後面加上「を」。（和起點的意思不同，而是單純指從某地方裡面出來到外面的感覺）

例 句

例 朝、家を出ます。
a.sa./i.e.o./de.ma.su.
早上從家裡出來。

例 句

例 台北でバスを降ります。
ta.i.pe.i.de./ba.su.o./o.ri.ma.su.
在台北下了公車。

か－表示疑問或邀約

説 明

　　在前面學過的名詞句、形容詞句、動詞句中，要寫成疑問的型式時，都是在句末加上助詞「か」。相信大家對它的用法已經十分熟悉了。

例 句

⑩ このかばんはあなたのですか。
ko.no.ka.ba.n.wa./a.na.ta.no./de.su.ka.
那個包包是你的嗎？（表示疑問）

例 句

⑩ 一緒に映画を見に行きませんか。
i.ssho.ni./e.i.ga.o./mi.ni./i.ki.ma.se.n.ka.
要不要一起去看電影？（詢問對方意願）

例 句

⑩ お食事に行きましょうか。
o.sho.ku.ji.ni./i.ki.ma.sho.u.ka.
要不要一起去吃飯？（表示邀請）

文法篇　助詞篇　單字篇

track 跨頁共同導讀 119

か－表示不特定的對象

說　明

　　在疑問詞的後面，加上「か」，可以用來表是不特定的對象。像是在「だれ」的後面加上「か」，即表示「某個人」的意思。

例　句

例 だれ＋か→だれか
　　某個人

例 どこ＋か→どこか
　　某處

例 なに＋か→なにか
　　某個

例 いつ＋か→いつか
　　某個時候

例　句

例 誰かがこっちに来ます。
　　da.re.ka.ga./ko.cchi.ni./ki.ma.su.
　　有某個人向這裡走來。

例　句

例 どこかにおきましたか。
　　do.ko.ka.ni./o.ki.ma.shi.ta.ka.
　　放在哪裡了呢？

に－表示存在的場所

説明

　　在表示地方的名詞後面加上「に」，表示物品或人物位於某個地點。通常和前面所學過的「あります」「います」配合使用。

例句

例 机の上にお菓子があります。

tsu.ku.e.no./u.e.ni./o.ka.shi.ga./a.ri.ma.su.

桌上有零食。

例句

例 庭に犬がいます。

ni.wa.ni./i.nu.ga./i.ma.su.

院子裡有狗。

文法篇　助詞篇　單字篇

に－表示動作進行的場所

說　明

　　一個動作一直固定在某個地方進行的時候，就會在場所的後面用「に」來表示是長期、穩定的在該處進行動作。若是短暫的動作時，則是用「で」來表示。（可參照後面「で」的介紹。

例　句

例 出版社に勤めています。

shu.ppa.n.sha.ni./tsu.to.me.te.i.ma.su.

在出版社工作。

（表示長期在出版社上班）

例　句

例 公園のベンチに座ります。

ko.u.e.n.no./be.n.chi.ni./su.wa.ri.ma.su.

坐在公園的長椅上。

（表示坐在椅子上穩定的狀態）

例　句

例 ここにおきます。

ko.ko.ni.o.ki.ma.su.

放在這裡。

（表示放置在這裡的穩定狀態）

120 **track**

に－表示動作的目的

説　明

　　在前面的他動詞句中曾經學過，要表示動作的目的時，可以用動詞ます形的語幹加上助詞「に」來表示目的。另外，還有表示目的地的「に」，則是在地點後面加上「に」。而在名詞後面加上「に」也具有表示目的之意。

例　句

例 映画を見に行きます。
e.i.ga.o./mi.ni./i.ki.ma.su.
去看電影。

例　句

例 留学に来ました。（名詞＋に）
ryu.u.ga.ku.ni./ki.ma.shi.ta.
來留學。

に－表示目的地

説　明

　　在場所的後面加上「に」是表示這個場所是動作的目的地。

例　句

例 公園に行きます。
ko.u.e.n.ni./i.ki.ma.su.
去公園。

助　詞　篇

track 跨頁共同導讀 120

に－表示時間

說　明

　　在表示時間的名詞後面加上「に」，可以用來說明動作的時間點，也可以用來表示時間的範圍。可參照下面例句的說明。

例 句

例 毎日十時に寝ます。

ma.i.ni.chi./ju.u.ji.ni./ne.ma.su.

每天十點就寢。（表示動作的時間點）

例 句

例 月に二回図書館に行きます。

tsu.ki.ni./ni.ka.i./to.sho.ka.n.ni./i.ki.ma.su.

一個月去兩次圖書館。（表示時間的範圍）

track 121

例 句

例 二人に一人は子供です。

fu.ta.ri.ni./hi.to.ri.wa./ko.do.mo.de.su.

兩個人裡就有一個是小孩。（表示比例／條件範圍）

に－表示變化的結果

說　明

　　在句子中，若要表示變化的結果時，要在表示結果的詞（可以是名詞、な形容詞）後面加上「に」。

例　句

例 医者になりました。
i.sha.ni./na.ri.ma.shi.ta.
變成醫生了。／當上醫生了。

へ－表示動作的目標

說　明

　　「へ」表示動作的目標，這個目標可以是場所，也可以是人。「へ」在使用上，有時可以和「に」作用相同，但並非全部都可以通用。（可參考「に」的介紹）

例　句

例 明日、日本へ出発します。
a.shi.ta./ni.ho.n.e./shu.ppa.tsu.shi.ma.su.
明天要出發前往日本。

助
詞
篇

で－動作進行的地點

說　明

在場所的後面加上「で」通常是表示短時間內在某個地點進行一個動作，這個動作並不是固定出現的。（用法和「に」不同，可參照「に」的說明）

例　句

例 夏は海で泳ぎます。

na.tsu.wa./u.mi.de./o.yo.gi.ma.su.

夏天時在海裡游泳。

例　句

例 三十歲で結婚しました。

sa.n.ju.u.sa.i.de./ke.kko.n.shi.ma.shi.ta.

三十歲時結婚了。

で－表示手段、道具或材料

說 明

　　表示手段時，在名詞的後面加上「で」，用來表示「藉著」此物品來進行動作或達成目標。另外，物品是「用什麼」做成的，如：木材製成桌椅，也是以「で」來表示；但若是產生化學變化而產生的物品，例如：石油變成纖維，則不能用「で」。

例 句

例 電車で学校へ行きます。

de.n.sha.de./ga.kko.u.e./i.ki.ma.su.

坐電車去學校。（表示手段）

例 句

例 フォークでハンバーグを食べます。

fo.o.ku.de./ha.n.ba.a.gu.o./ta.be.ma.su.

用叉子吃漢堡排。（表示道具）

例 句

例 この椅子は木で作られます。

ko.no.i.su.wa./ki.de./tsu.ku.ra.re.ma.su.

這把椅子是用木頭做的。（表示材料）

助

詞

篇

track 123

で－表示原因

說　明

「で」也可以用來表示理由。說明由於什麼原因而有後面的結果。

例　句

例 寝坊で遅刻しました。

ne.bo.u.de./chi.ko.ku.shi.ma.shi.ta.

因為睡過頭而遲到。

で－表示狀態

說　明

「で」也可以用來表示動作進行時的狀態，例如：一個人、大家一起、一口氣…等。

例　句

例 一人でご飯を作りました。

hi.to.ri.de./go.ha.no./tsu.ku.ri.ma.shi.ta.

一個人作好飯。

例　句

例 みんなで映画を見に行きます。

mi.n.na.de./e.i.ga.o./mi.ni.i.ki.ma.su.

大家一起去看電影。

と－二者以上並列

說　明

　　列舉出兩個以上的事物，表示這些事物是同等地位的時候，就用「と」來表示。意思就與中文裡的「和」相同。

例　句

例 牛乳と紅茶を買いました。

gyu.u.nyu.u.to./ko.u.cha.o./ka.i.ma.shi.ta.

買了牛奶和紅茶。

と－表示一起動作的對象

說　明

　　要說明一起進行動作的對象，就在表示對象的名詞後面加上「と」。

例　句

例 友達と映画を見に行きました。

to.mo.da.chi.to./e.i.ga.o./mi.ni.i.ki.ma.shi.ta.

和朋友去看了電影。

track 124

から－表示起點

説　明

　　「から」可以用來表示起點，這裡的起點可以是地點、時間、範圍、立場…等。

例　句

例 授業は九時からです。

ju.u.gyo.u.wa./ku.ji.ka.ra.de.su.

課程從九點開始。（表示時間的起點）

例　句

例 今日は学校から公園まで走りました。

kyo.u.wa./ga.kko.u.ka.ra./ko.u.e.n.ma.de./ha.shi.ri.ma.shi.ta.

今天從學校跑到了公園。（表示範圍）

から－表示原因

説　明

　　「から」用來表示原因時，是表示自己的主張，或是對別人發出命令時使用。

例　句

例 眠いから行きません。

ne.mu.i.ka.ra./i.ki.ma.se.n.

因為想睡所以不去。

124 **track** 跨頁共同導讀

から－表示原料

說·明

　　前面曾經學過「で」也可以用來表製作物品的原料。「で」是用來表示原料直接製成物品，而沒有經過質料的變化。「から」則是原料經過了化學變化，成品完成後已經看不出原料的材質和形式了。

例·句

例 ワインはぶどうから作られます。
wa.i.n.wa./bu.do.u.ka.ra./tsu.ku.ra.re.ma.su.
紅酒是葡萄做的。

助詞篇

track 125

よりー比較基準

説　明

　　「より」具有比較基準的意思，也就是中文裡的「比」。另外也含有起點意思。在本篇中，先針對比較的意思來學習。在使用「より」時，需注意跟據前後文的排列方法不同，比較的結果也不同，下面就用例句來說明。

例　句

例 彼女は私より背が高いです。

ka.no.jo.wa./wa.ta.shi.yo.ri./se.ga./ta.ka.i.de.su.

她比我高。

例 彼女より、私のほうが背が高いです。

ka.no.jo.yo.ri./wa.ta.shi.no.ho.u.ga./se.ga.ta.ka.i.de.su.

比起她，我比較高。

例　句

例 日本は台湾より大きいです。

ni.ho.n.wa./ta.i.wa.n.yo.ri./o.o.ki.i.de.su.

日本比台灣大。

例 日本より、アメリカのほうが大きいです。

ni.ho.n.yo.ri./a.me.ri.ka.no./ho.u.ga./o.o.ki.i.de.su.

比起日本，美國比較大。

125 **track** 跨頁共同導讀

まで－表示一個範圍的終點

說　明

　　「まで」是用來表示一個範圍的終點，可以是時間也可以是地點場所。

例　句

例 今日は学校から公園まで走りました。
kyo.u.wa./ga.kko.u.ka.ra./ko.u.e.n.ma.de./ha.shi.ri.ma.shi.ta.
今天從學校跑到了公園。（公園是終點）

など－表示列舉

說　明

　　「など」等同於中文裡的「…等」之意。是在很多物品中列舉了其中幾樣的意思，或者是從眾多的物品中舉出了其中一樣當例子。

例　句

例 朝はトーストやサンドイッチなどを食べます。
a.sa.wa./to.o.su.to.ya./sa.n.do.i.cchi.na.do.o./ta.be.ma.shi.ta.
早上通常是吃吐司或是三明治之類的。

track 126

や－串連例子

說　明

　　「や」可以當成是「或是」的意思。用在並列舉出例子的時，將這些例子串連起來。

例　句

例 ここには、台湾や日本や韓国など、いろいろな国の社員がいます。

ko.ko.ni.wa./ta.i.wa.n.ya./ni.ho.n.ya./ka.n.ko.ku.na.do./i.ro.i.ro.na./ku.ni.no./sha.i.n.ga./i.ma.su.

在這裡，有台灣、日本、韓國……等各國的員工。

例　句

例 考え方ややり方は違います。

ka.n.ga.e.ka.ta.ya./ya.ri.ka.ta.wa./chi.ga.i.ma.su.

想法或是做法不同。

しかー限定程度範圍

助
詞
篇

説　明

　　「しか」是「只」的意思，是限定程度、範圍的說法。在使用「しか」的時候，後面一定要用否定句，就如同是中文裡面的「非…不可」的意思。

例　句

例 肉しか食べません。

ni.ku.shi.ka./ta.be.ma.se.n.

非肉不吃。／只吃肉。

例　句

例 水しか飲みません。

mu.zu.shi.ka./no.mi.ma.se.n.

非水不喝。／只喝水。

N5 この一冊で合格!

單字篇

127 **track**

あ行

あ
会う
a.u.
義 見面　⇨ 動詞

あお
青い
a.o.i.
義 藍色的　⇨ い形

あか
赤い
a.ka.i.
義 紅色的　⇨ い形

あか
明るい
a.ka.ru.i.
義 明亮的、開朗的　⇨ い形

あき
秋
a.ki.
義 秋天　⇨ 名詞

あ
開く
a.ku.
義 打開　⇨ 動詞

文　法　篇　助　詞　篇

單　字　篇

あ
開ける
a.ke.ru.
義 打開　⇨ 動詞

あ
上げる
a.ge.ru.
義 上升　⇨ 動詞

あさ
朝
a.sa.
義 早上　⇨ 名詞

あさって
明後日
a.sa.tte.
義 後天　⇨ 名詞

あし
足
a.shi.
義 腳、腿　⇨ 名詞

あした
明日
a.shi.ta.
義 明天　⇨ 名詞

あそ
遊ぶ
a.so.bu.
義 遊玩、玩　⇨ 動詞

128 **track** 跨頁共同導讀

暖かい
a.ta.ta.ka.i.
🈷温暖的　⇨ い形

あたま
頭
a.ta.ma.
🈷頭、頭腦　⇨ 名詞

あたら
新しい
a.ta.ra.shi.i.
🈷新的　⇨ い形

あつ
暑い
a.tsu.i.
🈷(天氣)熱的、炎熱的　⇨ い形

あつ
熱い
a.tsu.i.
🈷熱的、熱情的　⇨ い形

あつ
厚い
a.tsu.i.
🈷厚的　⇨ い形

あと
後
a.to.
🈷後來、之後　⇨ 名詞

 **track** 129

あなた
a.na.ta.
義 你　⇨ 名詞

あに
兄
a.ni.
義 哥哥　⇨ 名詞

あね
姉
a.ne.
義 姊姊　⇨ 名詞

アパート
a.pa.a.to.
義 公寓　⇨ 名詞

あ
浴びる
a.bi.ru.
義 洗(澡)、沖　⇨ 動詞

あぶ
危ない
a.bu.na.i.
義 危險的　⇨ い形

あま
甘い
a.ma.i.
義 甜的　⇨ い形

129 **track** 跨頁共同導讀

あまり
a.ma.ri.
⊛不太…、不怎麼… ⇨副詞

<ruby>雨<rt>あめ</rt></ruby>
a.me.
⊛雨 ⇨名詞

<ruby>洗<rt>あら</rt></ruby>う
a.ra.u.
⊛洗 ⇨動詞

ある
a.ru.
⊛有 ⇨動詞

<ruby>歩<rt>ある</rt></ruby>く
a.ru.ku.
⊛走路 ⇨動詞

いい/よい
i.i./yo.i.
⊛好的 ⇨い形

いいえ
i.i.e.
⊛不、不是 ⇨感嘆詞

單字篇

 **track** 130

言う
i.u.
義 說 ⇨ 動詞

いえ
家
i.e.
義 家 ⇨ 名詞

い
行く
i.ku.
義 去 ⇨ 動詞

いけ
池
i.ke.
義 池塘 ⇨ 名詞

いしゃ
医者
i.sha.
義 醫生 ⇨ 名詞

いす
i.su.
義 椅子 ⇨ 名詞

いそが
忙しい
i.so.ga.shi.i.
義 忙碌的 ⇨ い形

130 **track** 跨頁共同導讀

痛い
_{いた}
i.ta.i.
義 痛的　⇨ い形

一番
_{いちばん}
i.chi.ba.n.
義 最好的、第一名　⇨ 副詞、名詞

一緒
_{いっしょ}
i.ssho.
義 一起　⇨ 副詞

いつも
i.tsu.mo.
義 一直、總是　⇨ 副詞、名詞

犬
_{いぬ}
i.nu.
義 狗　⇨ 名詞

今
_{いま}
i.ma.
義 現在　⇨ 副詞、名詞

意味
_{い み}
i.mi.
義 意思　⇨ 名詞

單字篇

track 131

^{うえ}
上
u.e.
義 上、上面　⇨ 名詞

^{うし}
後ろ
u.shi.ro.
義 後面　⇨ 名詞

^{うす}
薄い
u.su.i.
義 薄的　⇨ い形

^{うた}
歌
u.ta.
義 歌　⇨ 名詞

^{うた}
歌う
u.ta.u.
義 唱　⇨ 動詞

^う
生まれる
u.ma.re.ru.
義 誕生　⇨ 動詞

^{うみ}
海
u.mi.
義 海　⇨ 名詞

131 **track** 跨頁共同導讀

駅
えき
e.ki.
義 車站 ⇨ 名詞

エレベーター
e.re.be.e.ta.a.
義 電梯 ⇨ 名詞

鉛筆
えんぴつ
e.n.pi.tsu.
義 鉛筆 ⇨ 名詞

おいしい
o.i.shi.i.
義 好吃的 ⇨ い形

多い
おお
o.o.i.
義 多的 ⇨ い形

大きい
おお
o.o.ki.i.
義 大的 ⇨ い形

大勢
おおぜい
o.o.ze.i.
義 人潮眾多 ⇨ 名詞、副詞

track 132

お皿
さら
o.sa.ra.
義 盤子　⇨ 名詞

お爺さん
じい
o.ji.i.sa.n.
義 爺爺　⇨ 名詞

教える
おし
o.shi.e.ru.
義 教導、告知　⇨ 動詞

おじさん
o.ji.sa.n.
義 伯伯、叔叔　⇨ 名詞

押す
お
o.su.
義 按、押　⇨ 動詞

遅い
おそ
o.so.i.
義 慢的　⇨ い形

お茶
ちゃ
o.cha.
義 茶　⇨ 名詞

132 `track` 跨頁共同導讀

お<ruby>手洗<rt>てあら</rt></ruby>い
o.te.a.ra.i.
義 洗手間　⇨ 名詞

お<ruby>父<rt>とお</rt></ruby>さん
o.to.u.sa.n.
義 爸爸　⇨ 名詞

<ruby>弟<rt>おとうと</rt></ruby>
o.to.u.to.
義 弟弟　⇨ 名詞

<ruby>男<rt>おとこ</rt></ruby>
o.to.ko.
義 男人　⇨ 名詞

<ruby>男<rt>おとこ</rt></ruby>の<ruby>子<rt>こ</rt></ruby>
o.to.ko.no.ko.
義 男孩　⇨ 名詞

<ruby>一昨日<rt>おととい</rt></ruby>
o.to.to.i.
義 前天　⇨ 名詞

<ruby>一昨年<rt>おととし</rt></ruby>
o.to.to.shi.
義 前年　⇨ 名詞

單
字
篇

track 133

大人（おとな）
o.to.na.
義 大人 ➪ 名詞

おなか
o.na.ka.
義 肚子 ➪ 名詞

同じ（おなじ）
o.na.ji.
義 相同 ➪ な形

おばあさん
o.ba.a.sa.n.
義 奶奶 ➪ 名詞

おばさん
o.ba.sa.n.
義 伯母 ➪ 名詞

お風呂（おふろ）
o.fu.ro.
義 洗澡 ➪ 名詞

お弁当（おべんとう）
o.be.n.to.u.
義 便當、餐盒 ➪ 名詞

133 **track** 跨頁共同導讀

おぼ
覚える
o.bo.e.ru.
義 記得、記住　⇨ 動詞

おも
重い
o.mo.i.
義 重的　⇨ い形

おもしろ
面白い
o.mo.shi.ro.i.
義 有趣的、好玩的　⇨ い形

およ
泳ぐ
o.yo.gu.
義 游泳　⇨ 動詞

お
降りる
o.ri.ru.
義 下(車)　⇨ 動詞

お
終わる
o.wa.ru.
義 結束　⇨ 動詞

おんがく
音楽
o.n.ga.ku.
義 音樂　⇨ 名詞

單
字
篇

track 134

か行

外国
ga.i.ko.ku.
⊛國外 ⇨ 名詞

外国人
ga.i.ko.ku.ji.n.
⊛外國人 ⇨ 名詞

会社
ka.i.sha.
⊛公司 ⇨ 名詞

階段
ka.i.da.n.
⊛樓梯 ⇨ 名詞

買い物
ka.i.mo.no.
⊛購物 ⇨ 名詞

買う
ka.u.
⊛購買 ⇨ 動詞

かえ
返す
ka.e.su.
義 返還　⇨ 動詞

かえ
帰る
ka.e.ru.
義 回去、回家　⇨ 動詞

かかる
ka.ka.ru.
義 花費(時間、金錢)　⇨ 動詞

かぎ
ka.gi.
義 鑰匙　⇨ 名詞

か
書く
ka.ku.
義 寫　⇨ 動詞

がくせい
学生
ga.ku.se.i.
義 學生　⇨ 名詞

かさ
傘
ka.sa.
義 雨傘　⇨ 名詞

單
字
篇

track 135

か
貸す
ka.su.
義 借出　⇨ 動詞

かぜ
風
ka.ze.
義 風　⇨ 名詞

か ぜ
風邪
ka.ze.
義 感冒　⇨ 名詞

か ぞ く
家族
ka.zo.ku.
義 家人、家庭　⇨ 名詞

がっこう
学校
ga.kko.u.
義 學校　⇨ 名詞

かど
角
ka.do.
義 轉角、尖角　⇨ 名詞

かばん
ka.ba.n.
義 包包　⇨ 名詞

135 **track** 跨頁共同導讀

花瓶（かびん）
ka.bi.n.
義 花瓶 ⇨ 名詞

紙（かみ）
ka.mi.
義 紙 ⇨ 名詞

辛い（から）
ka.ra.i.
義 辣的 ⇨ い形

体（からだ）
ka.ra.da.
義 身體 ⇨ 名詞

借りる（か）
ka.ri.ru.
義 借入 ⇨ 動詞

軽い（かる）
ka.ru.i.
義 輕的 ⇨ い形

カレー
ka.re.e.
義 咖哩 ⇨ 名詞

單字篇

track 136

カレンダー
ka.re.n.da.a.
義 日曆、月曆、行事曆　⇨ 名詞

かわ
川
ka.wa.
義 河、川　⇨ 名詞

かわいい
ka.wa.i.i.
義 可愛的　⇨ い形

かんじ
漢字
ka.n.ji.
義 漢字　⇨ 名詞

き
木
ki.
義 樹、木　⇨ 名詞

きいろ
黄色
ki.i.ro.
義 黃色　⇨ 名詞

きいろ
黄色い
ki.i.ro.i.
義 黃色的　⇨ い形

136 **track** 跨頁共同導讀

消える
<ruby>消<rt>き</rt></ruby>える
ki.e.ru.
義 消失　⇨ 動詞

聞く
<ruby>聞<rt>き</rt></ruby>く
ki.ku.
義 聽、問　⇨ 動詞

聴く
<ruby>聴<rt>き</rt></ruby>く
ki.ku.
義 聽　⇨ 動詞

北
<ruby>北<rt>きた</rt></ruby>
ki.ta.
義 北方　⇨ 名詞

汚い
<ruby>汚<rt>きたな</rt></ruby>い
ki.ta.na.i.
義 髒的　⇨ い形

切符
<ruby>切符<rt>きっぷ</rt></ruby>
ki.ppu.
義 車票　⇨ 名詞

昨日
<ruby>昨日<rt>きのう</rt></ruby>
ki.no.u.
義 昨天　⇨ 名詞

 track 137

ぎゅうにく
牛肉
gyu.u.ni.ku.
義 牛肉 ⇨ 名詞

ぎゅうにゅう
牛乳
gyu.u.nyu.u.
義 牛奶 ⇨ 名詞

きょう
今日
kyo.u.
義 今天 ⇨ 名詞

きょうしつ
教室
kyo.u.shi.tsu.
義 教室 ⇨ 名詞

きょうだい
兄弟
kyo.u.da.i.
義 兄弟姊妹、手足 ⇨ 名詞

きょねん
去年
kyo.ne.n.
義 去年 ⇨ 名詞

きら
嫌い
ki.ra.i.
義 討厭的 ⇨ な形

N5 この一冊で合格!

137 **track** 跨頁共同導讀

くだもの
果物
ku.da.mo.no.
義 水果　⇨ 名詞

くち
口
ku.chi.
義 嘴巴、口味　⇨ 名詞

くつ
靴
ku.tsu.
義 鞋子　⇨ 名詞

くつした
靴下
ku.tsu.shi.ta.
義 襪子　⇨ 名詞

くに
国
ku.ni.
義 國家　⇨ 名詞

くも
曇り
ku.mo.ri.
義 陰天、多雲　⇨ 名詞

くも
曇る
ku.mo.ru.
義 陰暗、朦朧　⇨ 動詞

文法篇　助詞篇　單字篇

 **track** 138

暗い
ku.ra.i.
義 暗的　⇨ い形

クラス
ku.ra.su.
義 班級　⇨ 名詞

来る
ku.ru.
義 來　⇨ 動詞

車
ku.ru.ma.
義 車子　⇨ 名詞

黒
ku.ro.
義 黑色　⇨ 名詞

黒い
ku.ro.i.
義 黑的　⇨ い形

今朝
ke.sa.
義 今天早上　⇨ 名詞

138 **track** 跨頁共同導讀

消^けす
ke.su.
義 消去、關掉(電器)　⇨ 動詞

結婚^{けっこん}
ke.kko.n.
義 結婚　⇨ 名詞

玄関^{げんかん}
ge.n.ka.n.
義 玄關　⇨ 名詞

元気^{げんき}
ge.n.ki.
義 精神、朝氣　⇨ 名詞、な形

公園^{こうえん}
ko.u.e.n.
義 公園　⇨ 名詞

交差点^{こうさてん}
ko.u.sa.te.n.
義 十字路口　⇨ 名詞

紅茶^{こうちゃ}
ko.u.cha.
義 紅茶　⇨ 名詞

 track 139

コップ
ko.ppu.
義 杯子　⇨ 名詞

今年（ことし）
ko.to.shi.
義 今年　⇨ 名詞

言葉（ことば）
ko.to.ba.
義 話語　⇨ 名詞

子供（こども）
ko.do.mo.
義 孩子　⇨ 名詞

ご飯（はん）
go.ha.n.
義 飯、白飯　⇨ 名詞

コピーする
ko.pi.i.su.ru.
義 影印　⇨ 動詞

困る（こま）
ko.ma.ru.
義 困擾　⇨ 動詞

さ行

さいふ
財布
sa.i.fu.

義 錢包　⇨ 名詞

さかな
魚
sa.ka.na.

義 魚　⇨ 名詞

さき
先
sa.ki.

義 前端、前面、未來　⇨ 名詞

さ
咲く
sa.ku.

義 (花)開　⇨ 動詞

さ
指す
sa.su.

義 指　⇨ 動詞

ざっし
雑誌
za.sshi.

義 雜誌　⇨ 名詞

文法篇 助詞篇 單字篇

 track 140

^{さとう}
砂糖
sa.to.u.
義 砂糖　⇨ 名詞

^{さむ}
寒い
sa.mu.i.
義 寒冷的　⇨ い形

^{さんぽ}
散歩
sa.n.po.
義 散步　⇨ 名詞

^{しお}
塩
shi.o.
義 鹽　⇨ 名詞

^{じかん}
時間
ji.ka.n.
義 時間　⇨ 名詞

^{しごと}
仕事
shi.go.to.
義 工作　⇨ 名詞

^{じしょ}
辞書
ji.sho.
義 字典　⇨ 名詞

140 track 跨頁共同導讀

しず
静か
shi.zu.ka.
義 安靜的　⇨ な形

した
下
shi.ta.
義 下面　⇨ 名詞

しつもん
質問
shi.tsu.mo.n.
義 問題　⇨ 名詞

じてんしゃ
自転車
ji.te.n.sha.
義 腳踏車　⇨ 名詞

じどうしゃ
自動車
ji.do.u.sha.
義 汽車　⇨ 名詞

し
死ぬ
shi.nu.
義 死　⇨ 動詞

じぶん
自分
ji.bu.n.
義 自己　⇨ 名詞

文法篇　助詞篇　單字篇

 **track** 141

じゅぎょう
授業
ju.gyo.u.
義 上課、課程　⇨ 名詞

しゅくだい
宿題
shu.ku.da.i.
義 作業、課題、回家功課　⇨ 名詞

じょうず
上手
jo.u.zu.
義 擅長、做得好　⇨ な形

じょうぶ
丈夫
jo.u.bu.
義 健康、牢固　⇨ な形

しょうゆ
醬油
sho.u.yu.
義 醬油　⇨ 名詞

しょくどう
食堂
sho.ku.do.u.
義 (傳統的)餐廳　⇨ 名詞

し
知る
shi.ru.
義 知道　⇨ 動詞

141 **track** 跨頁共同導讀

白（しろ）
shi.ro.
義 白、白色 ⇨ 名詞

白い（しろい）
shi.ro.i.
義 白色的 ⇨ い形

新聞（しんぶん）
shi.n.bu.n.
義 報紙 ⇨ 名詞

吸う（すう）
su.u.
義 吸 ⇨ 動詞

スカート
su.ka.a.to.
義 裙子 ⇨ 名詞

好き（すき）
su.ki.
義 喜歡的 ⇨ な形、名詞

少ない（すくない）
su.ku.na.i.
義 少的 ⇨ い形

track 142

すぐ
su.gu.
義 立刻、馬上 ⇨ 副詞

すこ
少し
su.ko.shi.
義 一點點 ⇨ 副詞

すず
涼しい
su.zu.shi.i.
義 涼爽 ⇨ い形

スプーン
su.pu.u.n.
義 湯匙 ⇨ 名詞

スポーツ
su.po.o.tsu.
義 運動 ⇨ 名詞

す
住む
su.mu.
義 居住 ⇨ 動詞

スリッパ
su.ri.ppa.
義 拖鞋 ⇨ 名詞

142 track 跨頁共同導讀

すする
su.ru.
義 做 ⇨ 動詞

座る（すわ）
su.wa.ru.
義 坐 ⇨ 動詞

背（せ）
se.
義 背、身高 ⇨ 名詞

生徒（せいと）
se.i.to.
義 學生 ⇨ 名詞

セーター
se.e.ta.a.
義 毛衣 ⇨ 名詞

石鹸（せっけ）
se.kke.n.
義 香皂 ⇨ 名詞

狭い（せま）
se.ma.i.
義 狹窄的 ⇨ い形

track 143

た行

大学（だいがく）
da.i.ga.ku.
義 大學 ⇨ 名詞

大使館（たいしかん）
ta.i.shi.ka.n.
義 大使館 ⇨ 名詞

大丈夫（だいじょうぶ）
da.i.jo.u.bu.
義 沒問題、沒關係 ⇨ 名詞、な形、副詞

大切（たいせつ）
ta.i.se.tsu.
義 重要的 ⇨ な形

台所（だいどころ）
da.i.do.ko.ro.
義 廚房 ⇨ 名詞

大変（たいへん）
ta.i.he.n.
義 糟糕、嚴重 ⇨ 名詞、な形、副詞

143 **track** 跨頁共同導讀

たか
高い
ta.ka.i.
義高的、貴的　⇨ い形

たくさん
ta.ku.sa.n.
義許多　⇨ 名詞、な形

タクシー
ta.ku.shi.i.
義計程車　⇨ 名詞

だ
出す
da.su.
義拿出、送出、交出　⇨ 動詞

た
立つ
ta.tsu.
義站、建立　⇨ 動詞

たて
縦
ta.te.
義縱　⇨ 名詞

たてもの
建物
ta.te.mo.no.
義建築物　⇨ 名詞

文法篇　助詞篇　單字篇

track 144

たの
楽しい
ta.no.shi.i.
義 開心、快樂　⇨ い形

たの
頼む
ta.no.mu.
義 拜託、請求　⇨ 動詞

タバコ
ta.ba.ko.
義 香菸　⇨ 名詞

たぶん
ta.bu.n.
義 大概　⇨ 副詞

た　　もの
食べ物
ta.be.mo.no.
義 食物　⇨ 名詞

た
食べる
ta.be.ru.
義 吃　⇨ 動詞

たまご
卵
ta.ma.go.
義 蛋　⇨ 名詞

144 **track** 跨頁共同導讀

たんじょうび
誕生日
ta.n.jo.u.bi.
義 生日 ⇨ 名詞

だんだん
da.n.da.n.
義 慢慢地 ⇨ 副詞

ちい
小さい
chi.i.sa.i.
義 小的 ⇨ い形

ちか
近い
chi.ka.i.
義 近的 ⇨ い形

ちが
違う
chi.ga.u.
義 不同 ⇨ 動詞

ちかてつ
地下鉄
chi.ka.te.tsu.
義 地下鐵 ⇨ 名詞

ち ず
地図
chi.zu.
義 地圖 ⇨ 名詞

文法篇 助詞篇 單字篇

ちゃわん
cha.wa.n.
義 碗 ⇨ 名詞

ちょうど
cho.u.do.
義 剛好 ⇨ 副詞

ちょっと
cho.tto.
義 稍微、有點 ⇨ 副詞

使う
つか
tsu.ka.u.
義 使用 ⇨ 動詞

疲れる
つか
tsu.ka.re.ru.
義 疲勞、疲累 ⇨ 動詞

次
つぎ
tsu.gi.
義 下一個、接著 ⇨ 名詞

着く
つ
tsu.ku.
義 到達 ⇨ 動詞

145 **track** 跨頁共同導讀

つくえ
机
tsu.ku.e.
義 桌子　➭ 名詞

つく
作る
tsu.ku.ru.
義 製作、做　➭ 動詞

つ
付ける
tsu.ke.ru.
義 裝上、穿上、戴上、記上、抹上　➭ 動詞

つ
点ける
tsu.ke.ru.
義 打開(電器)　➭ 動詞

つと
勤める
tsu.to.me.ru.
義 工作、服務於…　➭ 動詞

つまらない
tsu.ma.ra.na.i.
義 無聊　➭ い形

つめ
冷たい
tsu.me.ta.i.
義 冰冷的、冷淡的　➭ い形

track 146

でぐち
出口
de.gu.chi.
義 出口　⇨ 名詞

テスト
te.su.to.
義 考試　⇨ 名詞

デパート
de.pa.a.to.
義 百貨公司　⇨ 名詞

で
出る
de.ru.
義 出去、出現、出席、發生　⇨ 動詞

テレビ
te.re.bi.
義 電視　⇨ 名詞

てんき
天気
te.n.ki.
義 天氣、氣象　⇨ 名詞

でんき
電気
de.n.ki.
義 電燈　⇨ 名詞

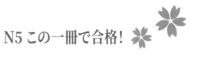

146 **track** 跨頁共同導讀

でんしゃ
電車
de.n.sha.
義 火車　⇨ 名詞

でんわ
電話
de.n.wa.
義 電話　⇨ 名詞

ドア
do.a.
義 門　⇨ 名詞

トイレ
to.i.re.
義 廁所、洗手間　⇨ 名詞

とお
遠い
to.o.i.
義 遠的　⇨ い形

とけい
時計
to.ke.i.
義 時鐘　⇨ 名詞

ところ
所
to.ko.ro.
義 地方、地所、地點　⇨ 名詞

track 147

年（とし）
to.shi.
義 年、年紀 ⇨ 名詞

図書館（としょかん）
to.sho.ka.n.
義 圖書館 ⇨ 名詞

とても
to.te.mo.
義 非常 ⇨ 副詞

隣（となり）
to.na.ri.
義 旁邊、隔壁 ⇨ 名詞

飛ぶ（とぶ）
to.bu.
義 飛、跳 ⇨ 動詞

止まる（とまる）
to.ma.ru.
義 停止 ⇨ 動詞

友達（ともだち）
to.mo.da.chi.
義 朋友 ⇨ 名詞

な行

ナイフ
na.i.fu.
義刀 ⇨ 名詞

なか
中
na.ka.
義裡面、中間 ⇨ 名詞

なが
長い
na.ga.i.
義長的 ⇨ い形

な
鳴く
na.ku.
義(動物)叫、響 ⇨ 動詞

な
無くす
na.ku.su.
義弄丟、去掉 ⇨ 動詞

なつ
夏
na.tsu.
義夏天 ⇨ 名詞

track 148

など
na.do.
義 (舉例)等等　⇨ 副詞

<ruby>名前<rt>な ま え</rt></ruby>
na.ma.e.
義 名字　⇨ 名詞

<ruby>習<rt>なら</rt></ruby>う
na.ra.u.
義 學習　⇨ 動詞

<ruby>並<rt>なら</rt></ruby>ぶ
na.ra.bu.
義 排、排列　⇨ 動詞

<ruby>並<rt>なら</rt></ruby>べる
na.ra.be.ru.
義 擺列、排　⇨ 動詞

なる
na.ru.
義 成為　⇨ 動詞

<ruby>賑<rt>にぎ</rt></ruby>やか
ni.gi.ya.ka.
義 熱鬧　⇨ な形

148 **track** 跨頁共同導讀

にく
肉
ni.ku.
義 肉 ⇨ 名詞

にし
西
n.shi.
義 西邊 ⇨ 名詞

にもつ
荷物
ni.mo.tsu.
義 行李 ⇨ 名詞

ニュース
nyu.u.su.
義 新聞 ⇨ 名詞

にわ
庭
ni.wa.
義 庭院 ⇨ 名詞

ぬ
脱ぐ
nu.gu.
義 脱 ⇨ 動詞

ぬく
温い
nu.ku.i.
義 溫暖的(關西話) ⇨ い形

track 149

ネクタイ
ne.ku.ta.i.
義 領帶 ➪ 名詞

猫（ねこ）
ne.ko.
義 貓 ➪ 名詞

寝る（ね）
ne.ru.
義 睡覺 ➪ 動詞

ノート
no.o.to.
義 筆記本、便條紙 ➪ 名詞

登る（のぼ）
no.bo.ru.
義 爬、登 ➪ 動詞

飲み物（の・もの）
no.mi.mo.no.
義 飲料 ➪ 名詞

飲む（の）
no.mu.
義 喝 ➪ 動詞

149 **track** 跨頁共同導讀

は行

歯
は
ha.
義 牙齒 ⇨ 名詞

パーティー
pa.a.ti.i.
義 派對 ⇨ 名詞

はい
ha.i.
義 是的 ⇨ 感嘆詞

灰皿
はいざら
ha.i.za.ra.
義 菸灰缸 ⇨ 名詞

入る
はい
ha.i.ru.
義 進入 ⇨ 動詞

葉書
は が き
ha.ga.ki.
義 明信片 ⇨ 名詞

 **track** 150

はく
ha.ku.
義 穿(褲子、襪子) ⇨ 動詞

はこ
箱
ha.ko.
義 箱子 ⇨ 名詞

はし
橋
ha.shi.
義 橋 ⇨ 名詞

はし
ha.shi.
義 筷子 ⇨ 名詞

はじ
始まる
ha.ji.ma.ru.
義 開始 ⇨ 動詞

はじ　　はじ
初め/始め
ha.ji.me.
義 最初、一開始 ⇨ 名詞

はじ
初めて
ha.ji.me.te.
義 第一次、初次 ⇨ 名詞、副詞

N5 この一冊で合格！

150 **track** 跨頁共同導讀

はし
走る
ha.shi.ru.
義 跑　⇨ 動詞

バス
ba.su.
義 巴士、公車　⇨ 名詞

バター
ba.ta.a.
義 奶油　⇨ 名詞

はたち
二十歳
ha.ta.chi.
義 二十歳　⇨ 名詞

はたら
働く
ha.ta.ra.ku.
義 工作　⇨ 動詞

はな
花
ha.na.
義 花　⇨ 名詞

はな
鼻
ha.na.
義 鼻子　⇨ 名詞

文法篇　助詞篇　單字篇

• 285 •

track 151

はなし
話
ha.na.shi.
義 話、談話 ⇨ 名詞

はな
話す
ha.na.su.
義 說話、談話 ⇨ 動詞

はや
早い
ha.ya.i.
義 早的 ⇨ い形

はや
速い
ha.ya.i.
義 快的 ⇨ い形

はる
春
ha.ru.
義 春天 ⇨ 名詞

は
貼る
ha.ru.
義 貼 ⇨ 動詞

は
晴れ
ha.re.
義 晴天 ⇨ 名詞

はんぶん
半分
ha.n.bu.n.
義 一半　⇨ 名詞

ひがし
東
hi.ga.shi.
義 東邊　⇨ 名詞

ひ
引く
hi.ku.
義 拉、拖、減少、畫(線)、拉長　⇨ 動詞

ひ
弾く
hi.ku.
義 彈奏(樂器)　⇨ 動詞

ひく
低い
hi.ku.i.
義 低的、矮的　⇨ い形

ひこうき
飛行機
hi.ko.u.ki.
義 飛機　⇨ 名詞

ひだり
左
hi.da.ri.
義 左邊　⇨ 名詞

track 152

ひと
人
hi.to.
義 人　⇨ 名詞

ひま
暇
hi.ma.
義 空閒、閒暇　⇨ 名詞、な形

びょういん
病院
byo.u.i.n.
義 醫院　⇨ 名詞

びょうき
病気
byo.u.ki.
義 生病、疾病　⇨ 名詞

ひる
昼
hi.ru.
義 白天、中午　⇨ 名詞

ひるごはん
昼御飯
hi.ru.go.ha.n.
義 午餐　⇨ 名詞

ひろ
広い
hi.ro.i.
義 寬廣的、大的　⇨ い形

152 **track** 跨頁共同導讀

ふうとう
封筒
fu.u.to.u.
信封 ⇨ 名詞

プール
pu.u.ru.
游泳池 ⇨ 名詞

フォーク
fo.o.ku.
叉子 ⇨ 名詞

ふ
吹く
fu.ku.
吹 ⇨ 動詞

ふく
服
fu.ku.
衣服 ⇨ 名詞

ぶたにく
豚肉
bu.ta.ni.ku.
豬肉 ⇨ 名詞

ふと
太い
fu.to.i.
粗的、胖的 ⇨ い形

單
字
篇

 **track** 153

冬
fu.yu.
冬天 ⇨ 名詞

降る
fu.ru.
降下(雨、雪) ⇨ 動詞

古い
fu.ru.i.
舊的 ⇨ い形

ページ
pe.e.ji.
頁 ⇨ 名詞

下手
he.ta.
不拿手、不擅長 ⇨ な形

ベッド
be.ddo.
床 ⇨ 名詞

ペット
pe.tto.
寵物 ⇨ 名詞

153 **track** 跨頁共同導讀

へ や
部屋
he.ya.
⊜房間　⇨名詞

へ ん
辺
he.n.
⊜附近、邊　⇨名詞

ペン
pe.n.
⊜筆、原子筆　⇨名詞

べんきょう
勉強
be.n.kyo.u.
⊜讀書、用功　⇨名詞

べん り
便利
be.n.ri.
⊜方便　⇨な形

ぼう し
帽子
bo.u.shi.
⊜帽子　⇨名詞

ほか
ho.ka.
⊜其他　⇨名詞、副詞

單

字

篇

track 154

ポケット
po.ke.tto.
口袋　⇨ 名詞

ほ
欲しい
ho.shi.i.
想要的　⇨ い形

ほそ
細い
ho.so.i.
細的、瘦的　⇨ い形

ボタン
bo.ta.n.
釦子　⇨ 名詞

ホテル
ho.te.ru.
飯店　⇨ 名詞

ほん
本
ho.n.
書　⇨ 名詞

ほんだな
本棚
ho.n.da.na.
書架　⇨ 名詞

154 **track** 跨頁共同導讀

ま行

まいあさ
毎朝
ma.i.a.sa.
毎天早上 ⇨ 名詞

まいつき
毎月
ma.i.tsu.ki.
毎個月 ⇨ 名詞

まいしゅう
毎週
ma.i.shu.u.
毎星期、毎週 ⇨ 名詞

まいにち
毎日
ma.i.ni.chi.
毎天 ⇨ 名詞

まいとし
毎年
ma.i.to.shi.
毎年 ⇨ 名詞

まいばん
毎晩
ma.i.ba.n.
毎晩 ⇨ 名詞

單字篇

track 155

まえ
前
ma.e.
義 前面、之前　▷ 名詞

まが
曲る
ma.ga.ru.
義 轉彎、變曲　▷ 動詞

まずい
ma.zu.i.
義 難吃的、糟糕的、情況不妙的　▷ い形

また
ma.ta.
義 又、再　▷ 副詞

まだ
ma.da.
義 還沒　▷ 副詞

まち
町
ma.chi.
義 城市　▷ 名詞

ま
待つ
ma.tsu.
義 等待　▷ 動詞

155 **track** 跨頁共同導讀

まっすぐ
ma.ssu.gu.
直接、直的 ⇨ 副詞

まど
窓
ma.do.
窗戶 ⇨ 名詞

まる　　まる
丸い∨円い
ma.ru.i.
圓的 ⇨ い形

まんねんひつ
万年筆
ma.n.ne.n.hi.tsu.
鋼筆 ⇨ 名詞

みが
磨く
mi.ga.ku.
磨、磨練 ⇨ 動詞

みぎ
右
mi.gi.
右邊 ⇨ 名詞

みじか
短い
mi.ji.ka.i.
短的 ⇨ い形

單

字

篇

 track 156

みず
水
mi.zu.
表 水 ⇨ 名詞

みせ
店
mi.se.
表 店 ⇨ 名詞

み
見せる
mi.se.ru.
表 表現、出示 ⇨ 動詞

みち
道
mi.chi.
表 道路 ⇨ 名詞

みどり
緑
mi.do.ri.
表 緑、緑林 ⇨ 名詞

みな
皆さん
mi.na.sa.n.
表 每個人 ⇨ 名詞

みなみ
南
mi.na.mi.
表 南邊 ⇨ 名詞

156 **track** 跨頁共同導讀

みみ
耳
mi.mi.
🔊 耳朵　⇨ 名詞

み　　　み
見る／観る
mi.ru.
🔊 看　⇨ 動詞

みな／みんな
mi.na./mi.n.na.
🔊 大家、每個人　⇨ 名詞

む
向こう
mu.ko.u.
🔊 前面、對面、遠方、那邊、對方　⇨ 名詞

むずか
難しい
mu.zu.ka.shi.i.
🔊 困難的　⇨ い形

むら
村
mu.ra.
🔊 村　⇨ 名詞

め
目
me.
🔊 眼睛　⇨ 名詞

單
字
篇

track 157

メートル
me.e.to.ru.
義 公尺 ⇨ 名詞

めがね
眼鏡
me.ga.ne.
義 眼鏡 ⇨ 名詞

もう
mo.u.
義 已經 ⇨ 副詞

いちど
もう一度
mo.u.i.chi.do.
義 再一次 ⇨ 副詞

も
持つ
mo.tsu.
義 拿、帶、持有 ⇨ 動詞

もっと
mo.tto.
義 更、越 ⇨ 副詞

もの
物
mo.no.
義 東西 ⇨ 名詞

や行

やおや
八百屋
ya.o.ya.
蔬果店　⇨ 名詞

やさい
野菜
ya.sa.i.
蔬菜　⇨ 名詞

やさ
易しい
ya.sa.shi.i.
簡單的　⇨ い形

やす
安い
ya.su.i.
便宜的　⇨ い形

やす
休み
ya.su.mi.
休息、休假　⇨ 名詞

やす
休む
ya.su.mu.
休息　⇨ 動詞

單字篇

track 158

やま
山
ya.ma.
山 ⇨ 名詞

やる
ya.ru.
做、給 ⇨ 動詞

ゆうがた
夕方
yu.u.ga.ta.
傍晚 ⇨ 名詞

ゆうびんきょく
郵便局
yu.u.bi.n.kyo.ku.
郵局 ⇨ 名詞

さくや
昨夜
sa.ku.ya.
昨晚 ⇨ 名詞

ゆうめい
有名
yu.u.me.i.
有名的、馳名的 ⇨ な形

ゆき
雪
yu.ki.
雪 ⇨ 名詞

158 **track** 跨頁共同導讀

行^いく
i.ku.
去 ⇨ 動詞

ゆっくりと
yu.kku.ri.to.
慢慢的、輕輕的 ⇨ 副詞

洋服^{ようふく}
yo.u.fu.ku.
衣服 ⇨ 名詞

よく
yo.ku.
經常、常、很 ⇨ 副詞

より
yo.ri.
比… ⇨ 副詞

横^{よこ}
yo.ko.
旁邊、橫的 ⇨ 名詞、副詞

呼^よぶ
yo.bu.
叫、稱呼 ⇨ 動詞

單

字

篇

 track 159

ら行

らいげつ
来月
ra.i.ge.tsu.
義 下個月 ▷ 名詞

らいしゅう
来週
ra.i.shu.u.
義 下週 ▷ 名詞

らいねん
来年
ra.i.ne.n.
義 明年 ▷ 名詞

ラジオ
ra.ji.o.
義 廣播、收音機 ▷ 名詞

りっぱ
ri.ppa.
義 出色的 ▷ な形

りゅうがくせい
留学生
ryu.u.ga.ku.se.i.
義 留學生 ▷ 名詞

159 **track** 跨頁共同導讀

りょうしん
両親
ryo.u.shi.n.
父母、雙親 ⇨ 名詞

りょうり
料理
ryo.u.ri.
料理、飯菜、烹飪 ⇨ 名詞

りょこう
旅行
ryo.ko.u.
旅行 ⇨ 名詞

れいぞうこ
冷蔵庫
re.i.zo.u.ko.
冰箱 ⇨ 名詞

レコード
re.ko.o.do.
唱片 ⇨ 名詞

レストラン
re.su.to.ra.n.
餐廳 ⇨ 名詞

れんしゅう
練習
re.n.shu.u.
練習 ⇨ 名詞

單

字

篇

track 160

わ行

若い
wa.ka.i.
年輕的　⇨ い形

分かる
wa.ka.ru.
知道、明白　⇨ 動詞

忘れる
wa.su.re.ru.
忘記　⇨ 動詞

私
wa.ta.shi.
我　⇨ 名詞

渡す
wa.ta.su.
交給　⇨ 動詞

渡る
wa.ta.ru.
渡過　⇨ 動詞

數字

すうじ
数字
su.u.ji.
數字　　⇨ 名詞

まる／ゼロ／れい
ma.ru./ze.ro./re.i.
零　　⇨ 名詞

いち
一
i.chi.
一　　⇨ 名詞

に
二
ni.
二　　⇨ 名詞

さん
三
sa.n.
三　　⇨ 名詞

よん　し
四／四
yo.n./shi.
四　⇨ 名詞

單

字

篇

track 161

ご
五
go.
表 五　⇨ 名詞

ろく
六
ro.ku.
表 六　⇨ 名詞

しち　　なな
七／七
shi.chi./na.na.
表 七　⇨ 名詞

はち
八
ha.chi.
表 八　⇨ 名詞

きゅう　　く
九／九
kyu.u./ku.
表 九　⇨ 名詞

じゅう
十
ju.u.
表 十　⇨ 名詞

にじゅう
二十
ni.ju.u.
表 二十　⇨ 名詞

161 **track** 跨頁共同導讀

きゅうじゅう
九十
kyu.u.ju.u.
🔊 九十　⇨ 名詞

ひゃく
百
hya.ku.
🔊 百　⇨ 名詞

さんびゃく
三百
sa.n.bya.ku.
🔊 三百　⇨ 名詞

ろっぴゃく
六百
ro.ppya.ku.
🔊 六百　⇨ 名詞

はっぴゃく
八百
ha.ppya.ku.
🔊 八百　⇨ 名詞

せん
千
se.n.
🔊 千　⇨ 名詞

さんぜん
三千
sa.n.ze.n.
🔊 三千　⇨ 名詞

單字篇

track 162

まん
万
ma.n.
素 萬　⇨ 名詞

ひゃくまん
百万
hya.ku.ma.n.
素 百萬　⇨ 名詞

おく
億
o.ku.
素 億

時間

いちじ
一時
i.chi.ji.
素 一點　⇨ 名詞

にじ
二時
ni.ji.
素 兩點　⇨ 名詞

さんじ
三時
sa.n.ji.
素 三點　⇨ 名詞

162 **track** 跨頁共同導讀

よ　じ
四時
yo.ji.
● 四點　⇨ 名詞

ご　じ
五時
go.ji.
● 五點　⇨ 名詞

ろ　く　じ
六時
ro.ku.ji.
● 六點　⇨ 名詞

 163 **track**

し　ち　じ
七時
shi.chi.ji.
● 七點　⇨ 名詞

は　ち　じ
八時
ha.chi.ji.
● 八點　⇨ 名詞

く　じ
九時
ku.ji.
● 九點　⇨ 名詞

track 跨頁共同導讀 163

じゅうじ
十時
ju.u.ji.
● 十點　⇨ 名詞

じゅういちじ
十一時
ju.u.i.chi.ji.
● 十一點　⇨ 名詞

じゅうにじ
十二時
ju.u.ni.ji.
● 十二點　⇨ 名詞

ごふん
五分
go.fu.n.
● 五分　⇨ 名詞

じゅっぷん
十分
ju.ppu.n.
● 十分　⇨ 名詞

はん
半
ha.n.
● 半　⇨ 名詞

ごぜん
午前
go.ze.n.
● 早上到中午間的時段　⇨ 名詞

163 **track** 跨頁共同導讀

^{ご ご}
午後
go.go.
● 下午 ⇨ 名詞

^{よ なか}
夜中
yo.na.ka.
● 深夜 ⇨ 名詞

^{ゆうがた}
夕方
yu.u.ga.ta.
● 下午

 164 **track**

日期（月日、曜日）

^{いちがつ}
一月
i.chi.ga.tsu.
● 一月 ⇨ 名詞

^{にがつ}
二月
ni.ga.tsu.
● 二月 ⇨ 名詞

track 跨頁共同導讀 164

さんがつ
三月
sa.n. ga.tsu.
圏三月　⇨ 名詞

し がつ
四月
shi.ga.tsu.
圏四月　⇨ 名詞

ご がつ
五月
go.ga.tsu.
圏五月　⇨ 名詞

ろくがつ
六月
ro.ku.ga.tsu.
圏六月　⇨ 名詞

しちがつ
七月
shi.chi.ga.tsu.
圏七月　⇨ 名詞

はちがつ
八月
ha.chi.ga.tsu.
圏八月　⇨ 名詞

く がつ
九月
ku.ga.tsu.
圏九月　⇨ 名詞

…

164 **track** 跨頁共同導讀

じゅうがつ
十月
ju.u.ga.tsu.
十月 ⇨名詞

じゅういちがつ
十一月
ju.u.i.chi.ga.tsu.
十一月 ⇨名詞

じゅうにがつ
十二月
ju.u.ni.ga.tsu.
十二月 ⇨名詞

ついたち
一日
tsu.i.ta.chi.
一號 ⇨名詞

 165 **track**

ふつか
二日
fu.tsu.ka.
二號 ⇨名詞

みっか
三日
mi.kka.
三號 ⇨名詞

單字篇

track 跨頁共同導讀 165

よっか
四日
yo.kka.
義 四號 ⇨ 名詞

いつか
五日
i.tsu.ka.
義 五號 ⇨ 名詞

むいか
六日
mu.i.ka.
義 六號 ⇨ 名詞

なのか
七日
na.no.ka.
義 七號 ⇨ 名詞

ようか
八日
yo.u.ka.
義 八號 ⇨ 名詞

ここのか
九日
ko.ko.no.ka.
義 九號 ⇨ 名詞

とおか
十日
to.o.ka.
義 十號 ⇨ 名詞

---

165 **track** 跨頁共同導讀

はつか
二十日
ha.tsu.ka.
⊜二十號 ⇨ 名詞

にちよう び
日曜日
ni.chi.yo.u.bi.
⊜星期日 ⇨ 名詞

げつよう び
月曜日
ge.tsu.yo.u.bi.
⊜星期一 ⇨ 名詞

か よう び
火曜日
ka.yo.u.bi.
⊜星期二 ⇨ 名詞

すいよう び
水曜日
su.i.yo.u.bi.
⊜星期三 ⇨ 名詞

單字篇

 166

もくよう び
木曜日
mo.ku.yo.u.bi.
㊥星期四　⇨ 名詞

きんよう び
金曜日
ki.n.yo.u.bi.
㊥星期五　⇨ 名詞

ど よう び
土曜日
do.yo.u.bi.
㊥星期六

不僅聽得懂，還能開口說，
遊日本，有這本就安心！

從出發到回國，遊日時，
食衣住行用得到的日語會話
都在這裡完美集結

簡單日語就能溝通上手
讓旅行不只是走馬看花
更能貼近當地人的生活

✲ ✲ ✲ ✲ 本書特色 ✲ ✲ ✲ ✲

日本語能力試驗N5完全マスター：
文法＋語彙

1 詳細解說

了解文法來龍去脈

2 畫出重點

加深觀念強化記憶

3 文法比較

針對初學者易混淆
的句型比對說明

4 豐富例句

應試準備無死角

5 句型總覽

將文法分門別類
同步復習相關文法

6 延伸閱讀

活用文法觸類旁通

7 整合單字

方便查詢以利
快速記憶

8 詞性整理

配合文法活用
句型更上手